Narratori ◀ Feltrinelli

Chiara Gamberale
Una vita sottile

© Giangiacomo Feltrinelli Editore Milano
Prima edizione ne "I Narratori" ottobre 2018
Published by arrangement with The Italian Literary Agency
Prima edizione italiana Marsilio 1999

Stampa Grafica Veneta S.p.A. di Trebaseleghe - PD

ISBN 978-88-07-03322-3

FSC
www.fsc.org
MISTO
Carta
da fonti gestite in
maniera responsabile
FSC® C021883

www.feltrinellieditore.it
Libri in uscita, interviste, reading,
commenti e percorsi di lettura.
Aggiornamenti quotidiani

IL RAZZISMO
È UNA
BRUTTA STORIA.
razzismobruttastoria.net

Una vita sottile

Per Jonathan

In me sto "bene"
     come il mare
          in un bicchiere,
ma se sono
    collocato
        in questo calice
qualcuno mi può bere.

            Vittorio Varano

Le sigarette fumate da soli durano un'eternità e hanno uno strano sapore, ma dovevo festeggiare in qualche modo. Sono stata bocciata a un esame. E sto vivendo la gioia più intensa della mia vita.

Mi sento Chiara più che mai, non mi va di andare a dormire e non vedo l'ora che venga domani mattina per svegliarmi ancora Chiara e trovarmi e scoprirmi ancora Chiara, domani, fra un mese, sempre, qualunque cosa io dica, qualunque cosa io faccia e qualunque cosa accada. Una terribile malattia ha congelato un'adolescenza – la mia – spensierata e forse banale e forse scontata, leggera per me, che vedevo della filosofia anche nei buchi che mi ritrovavo nei maglioni.

Ho sempre pensato di scrivere molto meglio di come vivo e in quegli anni di dolore invece di riempire giornate riempivo fogli magari intensi, di una profondità che gli altri definivano rara per la mia età, ma comunque malati. Ho vinto consensi con quei fogli, ho vinto applausi, premi importanti e anche qualche ragazzo, ma ogni volta che al primo posto ritrovavo il mio nome, ogni volta che mio padre mi diceva: "Sono fiero di te", ognuna di tutte quelle fottute volte mi smarrivo un po' – io, io smarrivo me, io stessa smarrivo me stessa – e sono dovuta finire in ospedale dopo essermi completamente persa di vista per riuscire a cercarmi di nuovo.

(Non si premia una ragazza anoressica perché scrive bene.)

Non ho passato un esame. Che bello.

Kafka ha prodotto opere eccezionali affetto da tubercolosi psicosomatica, fra vivere e scrivere ha scelto di scrivere, ma io mi sa che non ce la faccio.

Io scelgo la vita.

Ho scritto troppo e troppo a lungo mortificandomi per trovare le parole giuste e se ora scrivo è forse per trovare quelle sbagliate, così che mi capisca la gente che amo e che mi legga lei, per la prima volta, non professori, maestri del sapere o pallosissime giurie, perché è alla mia vita, solo a lei, che queste pagine vanno.

Scelgo la vita, sì, scelgo la sveglia che suona è tu che non la senti e continui a dormire, scelgo un gelato con tantissima panna sopra solo perché mi va, scelgo l'imperfezione, la serata in cui ti senti di preferire *Pretty Woman* a *Roma città aperta*, scelgo Elena di sole e di cannella e il mio cane Jonathan che va pazzo per divorare le antenne dei cellulari.

Ho cercato per anni di inventare storie per potermi raccontare, ho forzato la mia fantasia fino all'eccesso, ho atteso trepida la musaica ispirazione e solo ora ho capito che le storie più belle, più strane, tristi o allegre, commoventi, a volte incredibili, mi stavano intorno, erano sempre state lì, vicino a me... Non so se capita a tutti, se è colpa del mio animo in cui si impiglia tutto così facilmente o del destino generoso, ma le persone che mi gravitano attorno e le loro vicende sono davvero invidiabili per un qualsiasi eroe di romanzo e inoltre sono tutte terribilmente vere, così è proprio attraverso *loro, senza le quali sarei la metà di quello che sono ora, loro, che forse saranno le uniche a leggersi, loro, che hanno permes-*

so che il nostro incrocio di esistenze non fosse fugace, loro, che oggi, giorno della mia prima bocciatura, mi hanno telefonato per farmi le congratulazioni, loro, mio personale piccolo Teatro dell'Assurdo,

è proprio attraverso tutte loro che stavolta ho scelto di raccontarmi.

Cinzia

Cinzia, un giorno stavamo in un parco e io stavo al telefono con il suo attuale ragazzo e le ho detto: "Ora ti passo il tuo amore" e lei allora ha urlato: "Che grezza Chia'!" ed è scappata via.

Si ricorda tutto. Non è la classica persona di cui si dice: "Ha un'ottima memoria!" perché tiene a mente il segno di tutti i ragazzi che le sono piaciuti, no, Cinzia è quasi posseduta dalla memoria e forse è questo passato che non le scivola ma le si incolla addosso a farla tremare di una sensibilità che rischia sempre di divorarla da un momento all'altro. Il Socrate, il liceo classico dove ho trascorso gli anni più intensi e sofferti e belli della mia esistenza, mi ha regalato indimenticabili emozioni e momenti e persone e Cinzia fra tutti è la più dolce emozione, il più allegro momento e la più meravigliosa persona.

Inizialmente ci guardavamo da lontano, quasi sospette, sorella di un mio compagno di classe lei, persa per un suo compagno di classe io.

Non mi ricordo bene come ci siamo avvicinate – lei lo ricorderà senz'altro – o perché un giorno io le abbia scritto una lettera... So che Cinzia e io siamo cresciute, sempre di più, e la nostra crescita mi è cara più della nostra nascita.

Credo di essere la persona meno timida che io conosca e questo mi rende la vita molto più facile. I timidi mi hanno sempre un po' infastidito, li trovo... come dire? pigri e drenanti.

Cinzia se beve un bicchiere d'acqua ti chiede tutta impaurita: "Che sono sporca in faccia?". Un giorno aveva lasciato un ragazzo e si è fatta rincorrere per le scale di tutta la scuola pur di non dargli spiegazioni e un altro giorno, al primo appuntamento a teatro con un altro ragazzo, durante l'intervallo si è nascosta dietro a una pianta.

La sua non è timidezza. Insomma, se si dice al proprio partner: "IO NON TI AMO PIÙ" è un'affermazione troppo violentemente esplicita per essere vera e di certo nasconde altre tensioni, mentre se si comincia un discorso delicato e allusivo del tipo: "Sai, le cose non vanno più come prima, sento qualcosa di strano nelle viscere..." vuole dire proprio che non si è più innamorati. Per questo Cinzia non è timida, perché i suoi comportamenti non sono né delicati, né allusivi, sono eccessivi, vitali, sì... Sono timidezza e vitalità che le si agitano dentro e, non potendo convivere, esplodono nelle sue fughe improvvise o in quella risata che parte in sordina e sfocia in una specie di grido mefistofelico.

Abbiamo riempito diciotto diarietti, Cinzia e io. I primi ce li passavamo sui banchi di scuola, scrivevamo un giorno io e un giorno lei, mentre durante l'estate ognuna aveva il suo personale che poi ci scambiavamo al ritorno dalle vacanze.

In quei diarietti ci sono TUTTI i nostri amori di quel tempo, i nostri reciproci consigli e i preludi della mia malattia.

La mia scrittura è piccola e spigolosa, quella di Cinzia grande e rotonda, quasi illeggibile, ma forse lo fa apposta. Leggere fra quelle pagine quei segreti che i suoi occhi da furetto – perché Cinzia ha gli occhi da furetto – non avevano mai rivelato a nessuno mi procurava inizialmente emozioni profonde che poi si sono tramutate nel profondo amore che nutro per lei.

Cinzia è magrissima, sembra una bambina, ha qualcosa della Sirenetta di Walt Disney, non dice neanche una parolaccia, è mafiosa negli affetti, dice: "Che dolce!" anche di un professore che si è spuntato i capelli.

La adoro. Quando mi sono dovuta ricoverare, Cinzia non ha voluto vedermi prima della partenza – ha seri problemi con gli arrivederci, persino preestivi. In quei giorni di ospedale, il suo silenzio atterrito è stata forse la più alta forma di comprensione della mia sofferenza.

Mi ha sempre amata con tutto il cuore, la mia Cinzietta, accettando, con l'umiltà che solo chi ama può avere, di non capirmi tutta e non avermi tutta, ma tifando anche e soprattutto per quelle mie parti a lei, e forse persino a me, inaccessibili.

Mi ha talmente a cuore che sogna di notte le persone di cui le parlo dando loro dei volti, e le ama e le odia a seconda di cosa provo io: ciò non prevede un annichilimento di spirito critico ma, appunto, una specie di mafiosa complicità.

Mangia solo spaghetti al pomodoro e gelati al cioccolato e mi dice che sono bella e che sono la sua personale farfalla. Questo soprannome nasce da una favola che ho scritto per lei e che parla dell'amicizia tra un fiore e una farfalla suicida salvata proprio dai petali di quel fiore.

Quella farfalla e quel fiore siamo noi, io con le mie ali di vetro, lei con il suo gambo e il suo profumo che la radicano per terra, ma l'evaporano verso il cielo.

Finisce così un altro diarietto... C'è qualcuno che è stato mai in grado di dare un valore all'infinito? Tu sei il mio valore, in cui credere con tutta l'anima, ora e sempre.

Pablo

"Filosofico!" Ha risposto lui quando gli ho detto che la sua faccia mi ricordava un po' quella di un gabbiano. Era agosto, eravamo in montagna fra le Dolomiti, dove io andavo in vacanza da sempre, ma quel tizio strano che girava con la chitarra, un cane grosso e peloso e i capelli lunghi, quel tizio che sembrava un gabbiano non lo avevo mai visto.

"Come ti chiami?"

"Chiamami Pablo, come la canzone di De Gregori."

(Anni dopo ho scoperto il suo vero nome, ma per me è rimasto sempre Pablo e Pablo per sempre.)

"Non so bene se sia io a portare a spasso il mio cane o se il più delle volte non mi porti a spasso lui."

Tutti si chiedevano perché quel bel solitario avesse scelto proprio me, con i calzettoni fino al ginocchio e le treccine, sedici anni troppo magri per sembrare tali, come sua amica.

Il fatto è che Pablo intuiva.

Quante volte, allora, prima d'allora e dopo d'allora, mi ero vomitata addosso alle persone per legarle a me, per ottenere consensi, per sfiducia nelle altrui facoltà di sentire l'essenziale, senza capire che chi non lo percepisce non lo potrà cogliere neanche se esplicitato! Pablo non ha avuto bisogno di nessuna spiegazione.

Mi ha detto, una sera: "Io sono stanco del mondo, voglio farla finita" e io allora
allora
allora.
Gli è bastata una mia lacrima e ha deciso di amarmi per sempre. Gli è bastata una mia lacrima e non smetterà mai di dedicarmi le sue raccolte di poesie e i suoi racconti dolci e tristissimi. Gli è bastata una mia lacrima per credere di nuovo, una lacrima di un occhio vergine che non aveva idea di tutto il buio che lo aspettava, una lacrima che era paura e candore e inno alla vita.

Pablo ha infilato quella lacrima nella sua ferita ed è guarito e poiché la sua ferita era nell'anima è lì che mi serberà per sempre.

Anche se per anni ho avuto gli occhi aridi, anche se per mesi spesso non rispondo alle sue lunghe lettere o ai bastoncini d'incenso e agli ometti di legno che mi spedisce, anche se non mi sono mai messa lì a dipingergli tutto il mio dolore, Pablo sa. Spesso mi arrivano da lui buste completamente vuote o altre vuote e stropicciate, altre contenenti solo piccoli cigni di carta.

Mi chiama angelo, Elisewin, compagna di avventura, marinaio e qualche volta amore mio.

Per me lui è Pablo e basta.

La cosa che ho sempre trovato difficile è l'espressione, il sapersi esprimere. Con l'Angelo non occorre perché ciò che esprimo è ciò che sono. Quanti cieli dovremo ancora sorvolare prima di incontrarci? Nel mio cielo tu voli da sempre con me.

Fabiana

Esistono situazioni, persone, momenti che il tempo e lo spazio ci rubano ma che ci si impigliano dentro, nelle pieghe del cuore. Non ci ritroveremo mai a maledire che siano passati, perché saremo sempre troppo presi a benedire che siano potuti esistere. Saranno sempre nostri e ci basterà chiudere gli occhi per vedere quello che è stato e, lontani, riuscire a scorgere anche ciò che quello che è stato nascondeva. Chiudo gli occhi e vedo. Vedo vedo vedo.

Vedo il cartello "Scuola di teatro" con la seconda t di teatro scolorita, vedo i lunedì e i giovedì dalle cinque alle dieci di sera, vedo – sì, non li sento, li vedo – i vocalizzi stonati, i calzettoni bianchi e i fuseaux, il costume rosso di Puck, la tensione che si alza con il sipario e scroscia via insieme agli applausi. Vedo Simona che non balla e Luca che non canta, vedo le intese nate nei camerini e vedo una me goffa e impacciata che si sente dire: "Bella" e: "Tu farai Giulietta" e che un po' ci crede, di essere bella e Giulietta e, dietro a ognuno di quei nuovi credo, vedo Fabiana e in Fabiana vedo l'insegnante severa e fredda dei primi giorni e l'amica sempre presente di oggi. Vedo i suoi gesti spogli di quella patina caramellosa che veste i gesti dei primi incontri, vedo le sfuriate, la fiducia difficilmente data e difficilmente tolta, la vedo pulsare di quella dimensione che nessun testo, nessuna lezione mi hanno trasmesso quanto hanno fatto la sua vita e il suo sguardo. Vedo il suo sguardo, ora, e vedo la lotta di quello sguardo perché la propria scintilla naturale non venga confusa con il pianto e vedo la tenerezza di quello stesso sguardo sciogliersi in lacrime davanti a Renato Zero che canta dal vivo.

Renato, sì, ma per vedere Renato in Fabiana gli occhi non bastano più e bisogna tuffarsi in una frase spezzata, in un'allusione, un racconto d'infanzia e mai ne avremo un quadro, sempre un collage perché Renato è il sogno, è una Torino troppo stretta per un cuore tanto grande, è giornate con la penna in bocca per imparare la giusta dizione, è la passione che lentamente si insinua e cattura. In una foto del collage Fabiana corre dal banco di scuola al Tendone e dal Tendone al palco e dal palco al banco di scuola. In un'altra fa innamorare tutti i ragazzi che incontra e si diverte a tormentarli. In un'altra è abbracciata ai suoi cani ed è certa che siano molto più perfetti di qualsiasi essere umano. Nella più bella, è stata colta, in primo piano, dopo lo spettacolo conclusivo del suo corso di recitazione. Qui è con sua sorella, magra come un chiodo, in un'altra è con suo padre e si stanno abbracciando, anche se non sembra. In una si iscrive a Giurisprudenza, in un'altra soffre, in un'altra pure, in una prepara i bagagli, in una si ferma a pensare come il suo cavallo non possa entrare in nessuna delle sue valigie.

In quella è appena arrivata a Roma, in quell'altra si spaventa, in questa si innamora. Qui vive da sola, qui debutta nella capitale fra "una dozzina di rose scarlatte", qui decide di imparare a insegnare teatro e qui è al suo primo giorno di lezione, con sedici alunni che le danno del lei.

Questa è di due anni dopo, è stata scattata durante l'ultimo spettacolo di quel primo corso e gli alunni sono rimasti in sei. Ci sono anch'io.

Tu non sei carina, sei bella e te lo devi ripetere tutte le mattine guardandoti allo specchio non perché tu debba credere di essere l'universo, ma una parte stupenda e irripetibile di universo.

I canari

È da un bel po' che vivo da sola, in una città che non è la mia e Roma mi manca. Mi manca la mia camera, le stelle fosforescenti sulle pareti, mi manca il 94 barrato, il Nuovo Sacher, il pub irlandese sulla Circonvallazione Ostiense e soprattutto mi manca la sigaretta delle sette e mezzo di sera al prato sotto casa mia. È lì che ogni giorno si danno appuntamento i cani del quartiere con i loro rispettivi padroni che a Roma, più o meno affettuosamente, vengono chiamati "canari". Una sorta di tacita complicità lega i membri di questa categoria – alla quale, grazie al mio splendido Jonathan, appartengo anch'io – che porta a registrarsi *Senti chi parla adesso* quando lo danno in televisione, e a considerare come nemici numeri uno i ragazzini che entrano nel parco in motorino e le signore che si mettono a urlare: "Ma voi tene' legato 'sto cane?".

Quello che la sera ci diamo noi canari è un tacito appuntamento, e scendere al prato è come bloccare la propria esistenza per un attimo e distendersi in comode conversazioni sul tempo, sui veterinari e sui canari assenti. Ogni cane ha il suo canaro, ogni canaro ha il suo cane e cane e canaro si somigliano sempre.

C'è Alessandro, che sembra uscito da un cartone animato, e la sua Minnie, che senza bisogno di guinzaglio sembra rotolare come una pallina bianca dietro al suo padrone. Alessandro è mezzo matto, gli piacciono un sacco i pettegolezzi, parla velocissimamente muovendo le dita in modo strano, un po' come Minnie muove la coda, e quasi ogni mese si trova un passatempo e ci si butta anima e corpo. Quando l'ho conosciuto, era il periodo delle spade, e lui e i suoi amici trascorrevano le domeniche pomeriggio a lottare con delle aste tutte ricoperte di nastro adesivo. Ci ho giocato anch'io qualche volta. Potevi scegliere se essere elfo o dama o cavaliere e ogni grado ti consentiva determinati "poteri" per fronteggiare lo scontro. Poi c'è stato il periodo del baseball e allora lo si incontrava sempre in cappellino, con tanto di mazza e guantone, quello dei pattini, e te lo ritrovavi sotto casa a mezzanotte appena tornato dal centro in rollerblade, il periodo della rivelazione buddista e quello del surf che lo ha portato a comprarsi una tavola, d'estate, che ha usato solo una volta per dormirci sopra. Ora ha un serpente che si chiama Titti e sta tentando di addomesticarlo.

Chi il baseball invece lo aveva proprio preso seriamente e in divisa si vedeva ancora più bello è Dario, il cui cane è in questo caso legato a lui da una sorta di legge del contrappasso. Povero Sasha!

Oltre al nome – che non viene da Dostoevskij bensì dal figlio di Joan Collins – Sasha ha undici anni, è sempre acciaccato, è ancora vergine e i suoi primi istinti sessuali si sono mossi poco tempo fa, all'arrivo di Jonathan.

Di contro, Dario è o aspirerebbe a essere, come dire, un vero maschio. Occhi azzurri, mascella squadrata, battuta sempre pronta, denti bianchissimi, sorriso accattivante, Dario non può non piacere. C'ero caduta anch'io, inizialmente. Rappresentava tutto ciò che mancava a me. Era armonia, era terra, corpo e materialità. Era il mio sole, gli dicevo nel breve periodo in cui siamo stati insieme. Venivamo dagli esatti estremi dell'esistenza e questo per un po' aveva incuriosito entrambi. D'altronde io ero alla ricerca del mio corpo perduto e lui era alle prese con delle strane tensioni interne. Sì, perché Dario sarebbe proprio una bella persona, se ne avesse il coraggio. Il fatto è che come a me – ex bambina prodigio – era capitato di vivere come una colpa la scoperta di possedere anche un corpo, a Dario, da sempre il bello della situazione, capitava di vivere l'interiorità come ingombro al proprio fascino. La filosofia del non vorrei ma posso, l'avevo chiamata. Non vorrei essere un fico spensierato, ho tutti i requisiti per poterlo essere, lo divento. Leggero, Dario, dentro non lo è per niente e ha la coscienza che il suo interno pesante e complicato possa allontanare le sue ammiratrici. Così fa le verticali nel parco e nella vita, è un po' triste e un po' felice e aspetta che arrivi una ragazza che porti la quinta di reggiseno e abbia voglia di sentirlo anche piangere.

Grande passione di Dario è Silvia, trentenne dal fascino prepotente, lunghi capelli neri e lineamenti asiatici, che porta a spasso la sua cagnolina Linda. Silvia si mette sempre in mezzo a storie d'amore assurde e non sa mai come mollare il ragazzo precedente per il successivo. È piena di vita, è simpatica e brillante, ma nello stesso tempo ricorda una piuma, per fragilità, e ciò la rende un'anima decisamente bella ma in balìa di tutte le personalità violente e pesanti che proprio gli esseri come lei sembrano attirare. Tutto questo si può leggere negli occhioni di Linda e nella sua paura anche solo a muovere qualche passo. Fa ridere, Silvia, quando scende al prato con una pallina per tentare di far giocare e muovere la sua cagnetta. Sembrano farsi coraggio a vicenda.

Per terminare il quadro dei canari "fissi" mancano solo Luca e Valentina, dimostrazione del vecchio consiglio di farsi un cane per trovare marito. I cupidi in questione sono Rocky, educato con metodi fascisti e invidia di tutti i canari della zona per disciplina e obbedienza, ed Ercole, altrimenti detto "roscio bastardo", che non fa che abbaiare e ringhiare. Quando Luca si comprò Rocky, era felicemente fidanzato da anni – il soggetto è Luca, naturalmente – e anche Valentina vantava di portare avanti una relazione da tempo. La loro storia l'abbiamo seguita tutti, in particolare Jonathan e io, scelti come confidenti personali da entrambi, e dopo lunghe passeggiate serali e baci di nascosto i nostri eroi ce l'hanno fatta a mollare i rispettivi e a uscire allo scoperto. Una sera l'ex di Luca è arrivata in macchina mentre eravamo tutti al prato e ha preso a fissarci. Luca le diceva di andarsene, ma quella si era barricata dentro l'auto e solo quando lui ha cominciato a prendere a calci le ruote si è mossa, ma si è messa a girare attorno al parco urlando: "Puttana!" ("Non dice a te" mi rassicurava Valentina).

Sono il ritratto della semplicità, quei due. Gli basta stare al prato, uscire qualche volta a cena e andarsene al paese di Luca a bere il latte appena munto. Quando si sposeranno, Alessandro e io saremo i loro testimoni. Devo pensare a cosa mettere a Jonathan.

Aho, è il trenta luglio e noi canari siamo tutti a Roma... Che sfiga!

Loredana

Irlanda Irlanda prima e ultima sponda Irlanda di birra e di pioggia Irlanda di calze di lana colorate Irlanda che canta racconta nasconde Irlanda ti amo e ti temo Irlanda incantata bigotta ubriaca Irlanda puttana, mi hai tradito ancora e oggi non esco e mi fa male la gola e mi sembri un'attrice struccata nello specchio del camerino Irlanda se ti si guarda dalla finestra di un College che si è appena svegliato Irlanda al di là del vetro la vita al di qua io e la mia morte ma a volte basta un niente e il mio sguardo distratto e malato è catturato da due braccia lunghe e pantaloni assurdi, cappello enorme, testolina appena sveglia combattuta tra il freddo del mattino e la musica del walkman, vede che la vedo e mi fa CIAO.

Mi fa CIAO. A me, al di qua del vetro, in pigiama fuori e dentro, distrutta da un'ennesima crisi e dall'ennesimo crollo dell'ennesima certezza di essere guarita. Mi fa CIAO. Mi vede attraverso il vetro! CIAO. E continua la sua danza mattutina verso la scuola d'inglese.

Basta un niente, l'ho detto, e dopo quel saluto mi sentivo già un pochino meglio. Riuscii, nonostante tutto, a cominciare la giornata e più mi vestivo, più mi preparavo a uscire, più vagavo per le strade di Dublino, più mi si insinuava dentro quella buffa ragazza dai grandi anfibi. Tornai nel mio appartamento al College d'istinto e d'istinto scrissi "GRAZIE" e "Hai fatto un miracolo" e qualche altra frase sconclusionata e grata e aspettai tutto il giorno che passasse di nuovo sotto la mia finestra e quando la vidi chiamai un ragazzo, gli lanciai il biglietto e lo pregai di consegnarlo a "quella, sì, quella alta alta, con i capelli corti corti".

"È stato bellissimo." Ce l'avevo davanti, poco dopo, quella specie di creatura dei boschi. Mi era venuta a citofonare.

"È stato bellissimo quello che hai fatto tu stamattina."

"Io mi chiamo Loredana."

"Io mi chiamo Chiara, però domani mattina parto."

Il pomeriggio fece presto a diventare sera e la sera ci mise ancor meno a diventare notte. Quegli istanti, dilatati dall'estate, furono tutti nostri.

Loredana era ancora più bella vista da vicino, aveva un'espressione per ogni emozione e i suoi lunghi arti sembravano un disperato tentativo di tendere all'infinito.

Dovevamo incontrarci. Continuiamo a ripeterci ancora oggi.

"È stato il Destino," disse lei, "che in fondo non è altro che il soprannome di Dio quando si vergogna di firmare gli eventi con il suo nome."

Litri di Guinness, sigarette, gelato all'amarena spalmato sui toast caldi. Loredana usciva con un tipo, lì al College, che quando aveva letto il mio biglietto le aveva intimato di fare attenzione, perché sarei potuta essere una lesbica. Risata.

"Non c'è niente da fare..." sorrideva Loredana. "È che loro sono poverini, noi siamo più vicini agli dèi..."

Mi mostrò i suoi piedi lunghi e magri, con le unghie colorate. "Li adoro."

Le raccontai il mio dolore, lungo e magro, in bianco e nero. "Lo odio."

Abbiamo cantato, ballato, riso e pianto, tremato, ci siamo incontrate e separate per la mia partenza, abbiamo fatto in una sera tutto quel che di solito si diluisce in una vita trascorsa insieme.

"Porto io la tua valigia, per te pesa troppo," mi disse quando arrivò l'alba e il momento di andare a prendere il taxi per l'aeroporto. "Porto io la tua valigia." E mi fece promettere che gliel'avrei lasciata portare per sempre.

Ogni mattina, appena sveglia, ti dedico due boccate di vita, Amica mia.

Luciano

Ciao. Non so se si può cominciare una preghiera così, insomma dicendo ciao, però don Giuseppe al ritiro per la Comunione diceva che se a uno gli viene il bisogno di pregare deve farlo anche se sta al bagno ma forse questo aneddoto è un po' sacrilego perché anche don Giuseppe poteva sembrarlo anche se non. Basta. Lo sapevo che avrei cominciato a divagare, lo faccio sempre quando ho paura di rimanere in un pensiero e come si fa a non avere paura qui, ora, con mio papà che non parla e Fulvio che non parla e nessuno che parla e l'ospedale che puzza e Tonno che tra poco arriverà ma che tanto non parlerà neanche lui. Aiuto. Fondamentalmente, semplicemente, materialmente aiuto. Luciano sta dormendo fra l'essere e il non essere, Tu fallo svegliare nell'essere. Sono l'ultima che possa chiedere qualcosa a Te, Ti ho maledetto, ho pensato che non c'eri, che se c'eri dovevi essere cattivo e anche ora non so se proprio Ti credo, insomma non ho ben chiaro con chi sto parlando, prima che succedesse tutto quanto guardavo accanto a me e vedevo persone, guardavo sopra di me e vedevo Te, non ero sola, capisci, poi la malattia ha fatto buio da tutte le parti e non c'era più nessuno né vicino, né lassù... A vivere con il cielo vuoto comunque non mi ci vedo, devo risolvere i miei acquazzoni interni e poi, sono sicura... Non lo so. Ci sei sì, dentro di me, ma sei in ristrutturazione con tutte le altre mie componenti e non Ti avrei mai interpellato se nel sonno dietro a quella porta non ci fosse caduto Luciano. Non puoi togliercelo, vedi, è troppo presto e io gli voglio bene. Se Te ne parlo, vedrai che ce lo lasci. Allora. Non so bene da dove iniziare... Ho sentito dire che ognuno è ciò che tiene in tasca e le tasche sono uno dei primi particolari di Luciano che mi hanno colpito, perché strabordano sempre di qualsiasi cosa e dentro trovi un biglietto da diecimila lire accartocciato insieme alla carta di un Bacio Perugina e due o tre cellulari e un paio d'occhiali senza fodero. Un gran casino pieno di cose belle, questo è Luciano. Ha sessantaquattro anni, e quando lo incontri ti spaventi perché ha le sopracciglia da Caronte, una pancia enorme, la testa pelata e quando ti parla urla come un dannato perché non ci sente. Gira sempre con Poldo, il suo splendido labrador, e d'estate ha sempre addosso dei boxer fucsia. L'ho conosciuto perché è stato un collaboratore di mio padre e lo adoro perché mi chiama stronza, con la o aperta e la zeta dolce, e perché mi ha regalato Giannutri. Non ha figli, ma è un inciucione e ha una valanga di amici, così d'estate affitta la Casa del Vento proprio a Giannutri, per cui non ho aggettivi, dove ospita amici e soprattutto figli di amici che con lui diventano amici e figli, altrimenti non sarebbero tutti qua, non saremmo tutti qua. Giannutri mi ha fatto un po' guarire, un po' innamorare, mi ha regalato un'alba che terrò sempre nel cuore, è il mio tesoro più caro, ma senza Luciano non ci si può tornare, perché insomma, è grazie a Luciano che la mia Giannutri è potuta essere. Voglio che mi tagliuzzi ancora le sigarette di due pacchetti interi per farmi smettere di fumare, voglio sentirlo svegliare tutta l'isola urlando: "POOOLDOOO!!!", voglio ripetergli che Di Pietro non sa parlare e sentirmi dire: "Non sai parlare tu", voglio che continui a sostenere che "ciulare è la cosa più bella del mondo" e voglio continuare a pensare Torino con lui dentro e lui con Torino fuori. Il cuore di Luciano è troppo grande perché ci corra dentro solo Poldo e infatti c'è un sacco di gente lì dentro, e ci sono anch'io. Delle volte l'ho odiato, perché nei miei momenti di crisi più nera mi urlava di smettere di fare i capricci e quando gli ho telefonato per comunicargli il mio sessanta alla maturità mi ha preso a parolacce e mi ha detto che aveva sperato con tutto il cuore che prendessi trentasei e fossi felice lo stesso. Ora capisco cosa voleva dire e se si sveglierà gli dirò che aveva ragione. Gli dirò anche che gli voglio bene, se si sveglierà, anche se mi risponderà a parolacce perché lui è un po' come il gelato cinese che ha bisogno del fritto per nascondere la vaniglia.

Luciano si deve salvare, perché don Ciotti prega per lui, Tonno prega per lui, mio padre prega per lui e sembra che io stia leggendo il mio libro, ma anche io prego per lui.

Mi sa che ho dormito proprio tanto stavolta. Pretaccio lo hai chiesto tu il miracolo?

I mostri

Il "grazie" stretto tra i denti dei miei compagni delle elementari, che per il loro compleanno ricevevano da me sempre un libro, mi fece capire subito che non tutti amano leggere e inoltre che non sempre ciò che a noi è gradito lo è anche agli altri. Scrivere è la mia vita e il mio unico modo per celebrare un evento, un pensiero o una persona e renderli eterni. Se decido di mettere nero su bianco qualcuno o qualcosa non è per darlo in pasto ad altri eventuali lettori o anche solo al foglio, ma è per sottolinearne il valore e aiutare le mie emozioni che non riescono a contenerlo da sole. Su quelli che chiamo i miei pupazzi ma che si fanno chiamare mostri potrei scrivere molto se non immaginassi il loro risentimento nel trovarsi raccontati e nel pensarsi letti da altri. Avrei potuto evitare anche di citarli, è vero, ma ci sono troppo legata e non credo che li offenderò se mi limiterò a scrivere che mi fanno tanto ridere e che per questo sempre li ringrazierò. Lascio perdere il nostro come e il nostro quando, lascio perdere le telefonate con Manser e il non detto di Bono, lascio perdere, anche perché ne sono un po' gelosa, e confesso che ridere mi piace quasi quanto scrivere e che è una delle prime cose che cerco nelle mie compagnie. Piangere, lo so fare benissimo anche da sola e di certo non ho biso-

39

gno di un altro che filosofeggi e sfiori l'infinito perché mi basto e mi avanzo. Al mondo chiedo di non intromettersi nel mio buio, se deve farlo in modo approssimativo, e di regalarmi luce e soprannomi e film di Ambra e spaghettate e i miei mostri sono meravigliosamente ed esclusivamente tutto questo. Ero stata sbattuta con violenza per la prima volta nelle regioni della delusione, quando li ho conosciuti. Bologna è la femmina più ambigua che esista, è come se non avesse l'umiltà di definirsi provincia ma nemmeno il coraggio di essere città, vederla in cartolina o sognarla nel Settantasette non è come viverla da studentessa universitaria esterna. Come possano convivere tortellini, ladri di bici, parrocchiane promesse spose a impotenti e che-guevaristi nostalgici me lo devo ancora spiegare, ma la Bologna che qui voglio omaggiare è quella dei miei mostri, che irride quella che mi ha tradita.

Molti potranno pensare che una pseudo-intellettuale come me prediliga giochi di parole eruditi e motti di spirito raffinati, ma "divertirsi" vuol dire etimologicamente *vertere* da, girarsi verso un'altra parte e qui colgo l'occasione per mandare al diavolo tutti quei ragazzi che usavano paroloni più grandi di loro e mi scrivevano lettere pallosissime credendo di farmi innamorare di più in questo modo e non capendo che di brutte copie di me stessa non me ne faccio niente! Io cerco la semplicità, la sincerità di dirmi: "Non ho capito" o anche: "Che palle", non sono una maestra e con gli altri voglio solo stare bene e divertirmi. I miei mostri mi hanno sempre trattato come una persona normale, anzi, forse anche un po' più rincoglionita delle altre, dicono, e le loro battute non sono né erudite né raffinate, anzi, sono proprio stronzate veraci, così anch'io, mentre con gli altri non dico tutto quello che penso ma penso tutto quello che dico, con loro non dico tutto quello che penso e non penso tutto quello che dico. Mi dispiace per Oscar e per Claudio, ma ho già dimenticato tutti i loro discorsi improvvisati su Dio e sul comunismo, mentre non dimenticherò mai le paste alla crema delle due di notte a Osteria Grande e Carro che prende in giro Sara e la ama alla follia e Bono che va a vedere al cinema il film delle Spice Girls. Alla maggior parte delle persone vieto tacitamente e assolutamente di sfiorare l'argomento della mia salute e delle mie tensioni interne, ma i miei mostri ci scherzano sopra, perché è l'unico modo che conoscono per avvicinarsi a qualcosa e così facendo costituiscono per me un costante richiamo a una dimensione semplice dove a volte ho bisogno di riposarmi un po'.

Sono stati i primi a congratularsi per la mia bocciatura. "Però se lo farai con me al mio prossimo esame ti ammazzo," ha detto Bono.

Questa dice di aver sentito le trombe divine quando è entrata in Chiesa: ma era solo un poveraccio che stava accordando l'organo!

Vittorio

Dannati gl'inadatti a far figli farfalle.

I miei professori

Il quarto anno di superiori, secondo di quelli del liceo, feci uno dei più grandi sbagli di tutta la mia vita. Cambiai scuola. Da pochi mesi era cominciato tutto il mio dolore e confidavo ancora nella preadolescenziale illusione di poter trasformare il dentro trasformando il fuori. Cambiare, bisognava cambiare, non importava se ero innamoratissima del Socrate, delle sue mura e di Nunzio il custode. Dovevo andare via, anche se il solo pensarmi senza quella scuola e il pensare quella scuola senza di me mi uccideva, anche se già immaginavo che dopo un anno vi avrei fatto ritorno, anche se il mio primo giorno al Severo singhiozzai come una scema quando il preside mi accolse esordendo: "Devi essere fiera di appartenere a questo istituto". Furono mesi orribili. Alla mia sofferenza interna si aggiunse quella di essere in uno spazio che mi era estraneo e nemico, il mio fuori era malsano come lo era il mio dentro e non mi riconoscevo in nessun angolo e in nessun volto di quella scuola.

I corridoi erano stretti e freddi, i compagni di classe professavano come unici princìpi quelli di "ordine e disciplina" e la professoressa di greco si chiamava Croce ed era una triste suora laica che tacciava per *ybris* ogni forma di intervento personale e che ogni anno non faceva in tempo ad arrivare col programma a Saffo.

Sentivo il mio spirito costretto e castrato, fu un anno terribile che non mi diede niente, se non la conferma che il Socrate era stato creato proprio per me e gli appartenevo.

Ascoltavo la monotona mono-tono Croce e pensavo alla Ricca, oh la Ricca, al motorino di Castellani e alla Tommaso di miele e lavanda.

Non sarei niente se nel mio percorso di vita e di scuola non avessi incontrato queste persone che furono per me insegnanti e compagne nella mia tortuosa strada di crescita intellettuale ed emotiva.

La Croce parlava e io andavo con la mente al primo giorno di quarta ginnasio, a me talmente piccola da poter entrare nel mio zaino Invicta e a tutte le facce nuove che mi trovavo intorno e poi a Lei, che entrò in classe quasi correndo e già da lì avrei dovuto capirlo che sarebbe stata la prima e l'ultima e tutto ciò che sarò e che voglio essere.

Paola Ricca Raffaelli. *Cioè, parlaci farfalla è l'anagramma del suo nome e l'unica richiesta che le ho sempre fatto. Parlaci, parlami, perché sentirti è musica, perché diciotto ore a settimana mi spaventavano ma sono poche se le trascorro con te, perché ti ho cercata tanto, perché crisi in greco vuol dire scelta e me lo hai insegnato tu.*

Fine del delirio. Adorai la Ricca da subito e con lei quel sapere antico, così lontano e così vicino, di cui era vessillifera.

Era duro starle dietro, perché improvvisava compiti in classe di storia anche se quel giorno c'era latino e viveva tutte le sue materie come osmotiche, così da creare nelle nostre menti degli spazi in dei tempi con delle lingue e con dei personaggi abbandonando le stantie divisioni in cui viene ripartita la conoscenza. La Ricca si appassionava e giocava con le parole e mi ha insegnato a farlo. "È questo il Problema!" le ripetevo qualche tempo fa angosciata dalla scoperta di non essere solo spirito, ma anche carne e lei, tranquilla, come se stesse dicendo la cosa più ovvia del mondo: "Certo che è difficile gestire questa scoperta, non a caso di contro al Cristo, simbolo estremo dell'unione di carne e spirito, appare il diavolo e diavolo viene dal greco *diaballein,* che vuol dire dividere e qui sta il pericolo. Ogni scissione è...".

Trovava sempre, sempre la frase giusta al momento giusto, come quando preferì rimanersene zitta in un angolo con gli occhiali scuri in faccia, al dibattito che seguì la tragedia degli Uffizi nel Novantatré. Questo perché nei pochi casi in cui non aveva risposte si poneva però le domande giuste.

Mi ha visto ridere, piangere, crescere, ammalarmi, guarire e anche il solo pensarla mi ha sempre sostenuto. Crede nel Bene, nello sbagliare la strada per trovare quella giusta, nel dare sempre del proprio meglio anche a chi non se lo merita e deve vedere i film due volte per avere un impatto emotivo e uno critico.

Come potevo ascoltare la Croce quando pensavo alla Ricca che per un tema in classe un giorno si presentò con un cartellone pieno di foto e ci disse di dargli un titolo e fare di quel titolo la traccia del nostro svolgimento?

Come potevo ascoltare la Croce quando pensavo agli occhi di lago della Ricca e al suo aspetto da formichina e ai letteroni che le scrivevo e le scrivo ogni fine estate per raccontarle posti, emozioni e nuovi amori?

E come potevo poi ascoltare la Croce, se pensavo a quando il ginnasio finì e al liceo mi aspettarono i baffoni di Castellani, professore di latino e greco e factotum della scuola, che prendeva tutti sottobraccio e d'estate spostava le sue lezioni in giardino?

Nei miei momenti di crisi più nera, Castellani, pur di non permettermi di rimanere in casa a marcire, veniva a prendermi in motorino per portarmi a scuola. Non potevo dare retta alle tristezze della Croce quando riandavo a quei giorni, alle assemblee in cui il Castella urlava come un ossesso, alle feste di classe alle quali lui non mancava mai e alle chiacchierate a tu per tu dopo le quali io gli dicevo: "Grazie" e lui mi diceva: "Grazie a te".

Di fianco a lui, come professoressa di italiano, c'era poi Marina Tommaso, una specie di Beatrice dantesca, bionda ed eterea, incarnazione del senso del dovere e del rispetto umano. Il suo programma ogni anno superava di gran lunga quello delle altre sezioni per corposità e approfondimenti, perché quel soffio di donna viveva la sua vastissima cultura come un dono da dispensare il più possibile e possibilmente ai più. Prestava attenzione agli interventi di ognuno e a tutti diceva: "Molto interessante" sebbene avesse le sue preferenze che, candida com'era, non riusciva a nascondere. Fra noi scoccò il classico colpo di fulmine che non si tramutò nella passione violenta e totale che ho per la Ricca, ma in un sentimento dolce e soave, perché è proprio una soavità di pensiero e uno scivolare sulla dimensione terrestre che rende simili le nostre anime. I suoi giudizi sui miei temi in classe erano sempre lunghi e intensi, come fossero risposte a lettere che aveva ricevuto. Cosa poteva darmi la Croce, quando dentro al mio astuccio rimiravo la caramella di vetro che la Tommaso mi aveva regalato per la fine dell'anno "perché" mi aveva scritto, "quest'oggetto ti ricorda tanto"?

La Croce e la sua cultura congelata non avrebbero mai avuto niente da darmi e da dirmi e me lo ripetei molte volte anche durante il primo anno che trascorsi all'Università La Sapienza di Roma, di cui il più bel ricordo che serbo nel cuore è quello di Gnisci, professore di Letteratura comparata e ribelle della facoltà, con lo studio pieno di puffi e di sigari cubani.

"Prima delle vacanze di Natale voglio che mi portiate un commento scritto del libro *Momo* di Ende e del film *Pinocchio* di Comencini," ci disse alla prima lezione e io capii subito che in quell'aula non sarei mai potuta essere sola.

Registrai su cassetta il mio lavoro su *Momo*, intervallando il commento con canzoni di Battiato e di Guccini che supportassero le mie riflessioni.

Mi sarebbe venuta voglia di spedirlo alla Croce e di scriverle che grazie a quel nastro il professore mi volle come sua collaboratrice, almeno si sarebbe fatta monaca sul serio, pensando che nella scuola proprio non ci fosse più religione.

La Croce.

Ma come potevo starla ad ascoltare?

Non accetto provocazioni, continuo a parlare e vado per la mia strada. Non credo che un critico letterario o un docente universitario di letteratura debba essere solo uno che scrive e dice cose belle e inutili sui poeti morti, o cose qualsiasi e molto utili sui giornali per gli intellettuali vivi. Io cerco di essere il ponte dell'occasione attraverso cui si possa produrre una nuova conoscenza.

Lion

Il ricordo è una dannata arma a doppio taglio, perché se da una parte lo accompagna la felicità di aver vissuto un bel momento, dall'altra proprio il fatto che quel bel momento ci sia stato o, meglio, che SIA STATO e sia ormai cristallizzato nel passato ci lascia in balìa di melanconiche consapevolezze. Per questo Primo Levi definiva la nostalgia come un dolore complesso, fragile e gentile.

I miei anni di superiori, lo ribadisco, sono stati duri e bellissimi e sono una miniera preziosa di momenti, emozioni, aneddoti e personaggi.

Chi esce dal Socrate ed è entrato nello spirito del Socrate va sempre e comunque incontro a un atroce primo anno di università. Quella scuola da me maledetta e amatissima ti incanta, ti vizia, ti saluta sempre per nome, ti fa sentire un re e continui a sentirti re quando sei costretto a lasciarla, questo è il brutto, perché ti ritrovi di colpo senza trono.

Alessandro Leone, Lion per gli amici e per me, che sono La Cinese per i suoi amici e per lui, incarna nella sua strana essenza questa detronizzazione.

Se lo doveva immaginare, Lion, non doveva essere tanto incauto, non doveva fare l'amore così violentemente con quegli anni, ma nessuno poteva dirgli: "Attenzione" perché era troppo bello vederlo vivere. Io ho avuto la fortuna non solo di vederlo, ma di viverlo a mia volta, e ho ancora le cicatrici che mi ha lasciato dentro l'appassionarmi alla meravigliosa storia d'amore fra lui e il Socrate.

Feste continue, in quegli anni, e Sabati sera "tutti'davanti scuola alle nove". Imbucati, invitati o festeggiati, ogni notte si assumeva un ruolo diverso. Ricordo che una volta, per entrare al mega party in villa gigantesca di una tizia che non aveva mai visto, Lion si era presentato con una poesia d'amore scritta il pomeriggio stesso per la festeggiata che aveva fatto così di lui e di noi, suoi scagnozzi, gli ospiti d'onore.

Il confine fra teoria e pratica non esisteva e bastava che gli passasse per la testa un'idea, anche assurda, anche impossibile da realizzare, per tramutare quell'idea in atto e regalarci momenti più vicini al sogno che al vero.

"Cine', ho in mente una cosa," mi diceva e io non gli chiedevo niente per poter assaporare, di lì a pochi giorni, il gusto della sorpresa che stava organizzando.

Così anch'io non mi aspettavo il balletto che insieme ai suoi fedelissimi mise in scena per l'annuale festa di Natale in palestra: la musica da discoteca si interruppe di colpo e dal nulla uscirono una decina di sosia di Michael Jackson con tanto di riccioli neri e cappello bianco da lanciare in aria al ritmo di *Billie Jean*. E non mi aspettavo di certo, sotto Carnevale, l'irruzione di un gruppo di palestinesi con mimetiche e mitra, durante una conferenza in Aula Magna. E il corso pomeridiano di bonghi e di batteria elettrica. E i cento tulipani che per San Valentino furono consegnati alla mia Elena, grande amore di Lion, da tre nostri amici travestiti da fattorini che, tra l'altro, si presero anche una bella mancia. E le riunioni nel mio salotto come novelli Poeti Estinti, alla luce forse banale, ma sempre intensa, di poche candele. "Siamo gli Omaggio a John Lennon," ci diceva e *Omaggio a John Lennon* si sarebbe chiamato il libretto che di lì a poco sarebbe riuscito a pubblicare con scritti, scarabocchi e foto di quel periodo, la cui profonda bellezza risiedeva nell'entusiasmo di fare gruppo, nel desiderio di uscire e vedersi e parlare e suonare e fare mattina insieme. I nostri incontri avevano sempre il loro perché, non erano scontati diversivi a Sabati trascorsi altrimenti in famiglia a guardare la televisione. Del gruppo io ero la più piccola e la più viziata e casa mia diventò proprio allora il porto di mare che tuttora è, con il citofono che suona quando meno te lo aspetti e gente che va, gente che viene e posti in tavola aggiunti all'ultimo momento. A Lion stare nella "tana della Cinese", come la chiamava lui, piaceva particolarmente e tante volte rimaneva ore steso sul mio divano o a giocare a biliardino con mio fratello, mentre io facevo i compiti. La mia camera, poi, divenne pian piano il luogo privilegiato dell'ardore di quegli anni. Si pensava che ci fosse qualcosa di magico che permettesse a ogni animo di schiudersi e sciogliersi in lacrime. "Forse è per via del gabbiano sull'armadio," dicevano, e quel gabbiano lo avevo dipinto proprio con Lion, in un giorno di follia in cui mi ero armata di bombolette spray colorate e di vernice e avevo deciso che quelle quattro mura dentro le quali dormivo dovevano diventare mie effettivamente.

Io sono davvero un'inetta a disegnare, ma quella mattina creai il murales più bello che abbia mai visto, forse perché a produrlo non furono proprio le mie mani, ma fu la mia anima a balzare fuori, per un attimo, quel tanto che bastò perché si impressionasse sulla parete. Nato il gabbiano, ci catturò una specie di furia bacchica e Lion e io cominciammo a spruzzare colori da tutte le parti e a scrivere dentro le ante degli armadi i nomi nostri e degli altri Omaggio a John Lennon.

Era sempre festa, in quei giorni, e quando arrivò per tutti, tranne che per me, solo al terzo anno, l'ora della maturità, Lion disse: "È ovvio no, Cine'?" e naturalmente era ovvio. Fu un evento bello e memorabile. Avevamo deciso di organizzare una festa all'americana, dando gli inviti solo ai ragazzi che avrebbero dovuto a loro volta scegliere una fra le ragazze nella lista delle partecipanti al "Ballo di Fine Anno".

Su ogni invito era inoltre scritto il nome di un fiore che entrambi i componenti della futura coppia avrebbero dovuto appuntarsi sul vestito rigorosamente elegantissimo.

Lion fece mascherare suo fratello da autista e noleggiò una specie di limousine per passare a prendere la sua dama.

Nei giorni precedenti avevamo liberato il mio salotto persino dai divani e lo avevamo trasformato in una vera e propria sala da ballo alla Beverly Hills, con tanto di tavolo con su la sangria e con dietro, a servirla, le ragazze più timide.

Era tutto così facile e splendido! Anche ora, dopo tanto buio, posso affermare: "Io amo la vita" ma lo faccio con la consapevolezza che viene da una specie di sintesi hegeliana esistenziale di chi ha vissuto un'antitesi vitale e ora rielabora, con senno e maturità acquisiti, antiche convinzioni. A quel tempo mi professavo innamorata della vita forse in modo blando, ma colmo di incanto e di poesia.

Lion finito il liceo ha cominciato a viaggiare per tutto il mondo e ora lo so in Polonia.

In un primo tempo continuava a ostinarsi a vederci "davanti scuola", ma pian piano si è ritrovato solo a quell'appuntamento. Non riesce ad accettare che i suoi Omaggio a John Lennon siano stati traditi, chi più, chi meno, dalla Vita che celebravano e che stiano lottando per tornare a credere in essa. Da piccoli problemi universitari a delusioni d'amore alla mia malattia, tutto ha inquinato la purezza di quei giorni e lo spensierato stare insieme. Avevamo un senso in quello spazio e a quel tempo, ora risulterebbe tutto falsato e avrebbe il sapore di un penoso riciclaggio. Continuiamo a essere importanti gli uni per gli altri e se ci incontriamo per strada nelle poche parole che scambiamo c'è sempre l'eco di un periodo estremo e spettacolare vissuto insieme.

Forse Lion viaggia per non incontrare mai nessuno di noi per strada.

Che strana sensazione... nel rileggere le vecchie lettere: mi sembra come di essere giunto alla fine di un cammino e di ritrovarmi sperduto senza sapere cosa fare, col timore che tutto stia per finire. E non so neppure cosa intendo per tutto.

La Fata e l'Elfo

Ho imparato, con gli anni, a lasciarmi andare alle giornate, a chiudere gli occhi, farmi cullare dagli eventi senza opporre resistenza, perché è solo fatica sprecata e tanto tutta quella vita che ti viene addosso ti verrebbe addosso ugualmente, magari mascherata, ma nessuno può sfuggire a quell'onda violenta che ti si sbatte in faccia ed è proprio tua, vuole proprio te... Me ne sarei andata subito da lì, altrimenti. Se non avessi creduto che quel posto avrebbe comunque avuto un suo senso e che mi ci sarei comunque imbattuta prima o poi, sarei tornata a casa con il primo treno.

Il fatto è che quell'estate mancava un solo tassello al mio nuovo Pensiero che avrebbe messo in moto, di lì a poco, il meccanismo di guarigione e quel tassello lo trovai nell'attività di volontariato al Centro di Recupero della Fauna Esotica e Selvatica alle falde del Monte Adone.

Per chi aveva sempre avuto il vezzo di definirsi un'intellettuale fu una specie di trauma ritrovarsi la giornata scandita dalla pulizia delle gabbie, le entrate e le uscite dalla cella frigorifera, le carni da tagliare, i caprioli da allattare, i bagni da pulire, le cipolle da sbucciare. Non voglio tuttavia sprofondarmi nel viaggio introspettivo che mi spinse a creare delle appendici alla mia personalità, che altrimenti non avrebbe mai potuto creare un contatto con le altre personalità che lì si agitavano.

Queste pagine non sono per me votata al Pensiero e non sono di quelle altre personalità votate all'Azione, ma sono di due strani esseri in perfetto bilico fra Pensiero e Azione che mi insegnarono come anche di un'Idea ci si debba sporcare le mani e mi dimostrarono come il sudore sia complemento, non nemico del sentire.

Viviana ha lunghi riccioli neri, occhi e occhiali grandi e un visetto da cartone animato. Era come me una volontaria e divideva con me il metro quadrato dove, dopo aver allattato i ghiri, si andava a dormire.

Viviana mi piacque subito e i primi giorni attendevo ansiosa che venisse la notte per rimanere sola con lei e trovare conforto in chi poteva ascoltare le mie parole e riusciva nello stesso tempo a sentirsi a suo agio in quella dimensione semplice e rustica.

Portava ampie camicione da fata e andava sempre in giro con una borsettina piena di fialette omeopatiche e fiori di Bach. Un giorno provò a curare anche un pulcino malato, con le sue fialette: rimase con lui tutto il giorno e quando quello morì fu lei a gettarlo nella cella frigorifera e a consacrarlo pasto di qualche altro animale per il giorno dopo. Il fatto la fece pensare molto, anche se delle sue emozioni non parlava volentieri.

Mi insegnò a venerare la fatica delle braccia e l'Immediatezza, a ridere e ad avere a che fare anche con chi non sa usare i congiuntivi e, se si trova una cosa o una persona bella, a ringraziare la propria capacità di trovarla tale, così da amare se stessi sempre di più.

Detesta il sistema perché le sta stretto, ma non come Brizzi e i suoi simili che sputano sulla scuola, lo Stato e la famiglia e poi rimangono a scuola, nello Stato e in famiglia, no, lei dal "gruppo" vuole uscire veramente e fresca di maturità, quando l'ho conosciuta, non si era neanche interessata di sapere il suo voto ed era in cerca di una fattoria biologica dove sistemare il suo futuro.

Crede nelle energie e, quando un'altra volontaria sconvolta da quella dimensione partì improvvisamente, rimase una notte intera senza dormire.

"Ho paura," continuava a ripetere, "sento il suo Spirito!"

"Non era cattiva," le dissi io, "era solo una semplice!"

"Ma sono proprio i semplici..." sussurrò lei.

Kay invece veniva dal Belgio, era anche lui un volontario, aveva lunghi capelli biondi, occhi a mandorla azzurri e non diceva mai: "Che carino" davanti a un animale.

Quello che subito mi emozionò di lui fu la dolce delicatezza che si muoveva con ogni suo gesto. Come parlava, come guardava, come stava zitto, tutto di lui rimandava a qualcosa di lontano, magico e perduto.

La prima dimensione che divisi con lui fu quella dell'attesa, di quella particolare attesa che nella notte di San Lorenzo porta a ficcare gli occhi in cielo perché ne cadano più stelle possibili. Nell'aia, a testa in su, Kay non faceva che esclamare, nel suo buffo italiano: "Un'altra!" e io miope e distratta sbagliavo sempre l'angolo di cielo dove depositare lo sguardo. Il primo regalo che mi fece Kay fu una delle stelle che aveva visto lui.

"Per te, facci quello che vuoi," disse.

Rimanemmo a lungo con la schiena sulla ghiaia, quella notte. Mi disse che pensava che ognuno di noi avesse un colore e che quello dei bambini era bellissimo, mi parlò delle sue avventure nella Selva Nera e degli indigeni in Amazzonia e mi raccontò la favola del coniglio grande e di quello piccolo.

Gli aprii alcuni varchi del mio dolore e gli confessai di avere la penna vuota e di essere rimasta senza parole.

La mattina dopo di solito offusca la notte prima, ma il

mio Elfo invece si rivelò tale anche alla luce del giorno. Mi regalò un quaderno rilegato in stoffa blu, con tutte le pagine bianche, dove in realtà, mi spiegò, le parole già c'erano e aspettavano solo di venire toccate dalla mia penna. "Per trovare le parole nel silenzio," diceva una scrittura stilografica e antica alla prima pagina. Io gli diedi un bacio leggero sulla guancia e lui tempo dopo mi scrisse che si sarebbe ripreso indietro quel quaderno per poi tornarmelo a dare, se il compenso fosse ancora stato quel bacio "perché" scrisse, "non era altro che un grazie, ma mille volte più bello".

Spesso trascorrevamo giorni interi senza parlare, ma sguardi e sorrisi confermavano sempre la nostra intesa.

Gli animali lo adoravano, persino le gazze, dispettose con tutti, da lui si lasciavano imboccare docilmente e questo mi convinse che il suo colore era il celeste. Chiaro.

Il coniglio grande coccola quello piccino. "Sai quanto ti amo?" gli dice. "Tanto così", e spalanca le sue zampette.
"E io sai quanto ti amo?" dice il piccino. "Tanto così", e salta più in alto che può.
"E io da qui a quella collina!"
"E io fino a quell'altra collina ancora."
"E io fino alla casa del fattore."
"E io fino alla stalla del fattore."
La notte avanza, è buio, fra il sonno e la veglia, dopo aver continuato per ore, il coniglio piccino sussurra: "E io da qui alla luna".
E il grande: "E io da qui alla luna, compreso il ritorno".

L'animatore

(Avevo dei capelli esageratamente belli ed esageratamente lunghi. Erano il mio vanto più grande. Li lasciavo cadere sulle spalle, me li appuntavo sulla nuca o li attorcigliavo nelle forme più strane. Li ho tagliati corti corti, qualche tempo fa. Quando si nasce non si ha neanche un pelo in testa.) I miei capelli. Grazie a loro e ai miei vestitini peruviani questa storia è potuta esserci. Ero fresca di maturità. "Io viaggio da sola" fu il motto di quell'estate schizofrenica che mi portò prima, grazie a una borsa di studio, a seguire un corso professionale di giornalismo a Londra e poi mi vide partire per la Grecia con la Valtour nel villaggio vacanze di Corfù. A Londra appartengo, ho le sue stradine nel cuore e le Dr. Martens sempre ai piedi, ma in un contesto di mandrilloni e bionde tinte che dopo un anno di palestra possono esibire i loro risultati proprio non avevo senso, ed era quel non senso il senso del mio viaggio. Nella disperata lotta di riconquista di una materialità perduta, il pormi in una situazione estrema nella quale per entrare in contatto con gli altri avrei dovuto mettermi in costume e fare il bagno al mare mi era parsa una bella trovata. L'affrontare quest'esperienza da sola, poi, conferiva ancora più significato alla prova che avevo intenzione di superare. Vissi i primi giorni come una specie di allucinazione. Quella fiera di pance, gambe e muscoli mi dava il capogiro e gli animatori erano la cosa che più mi agitava. Tutti belli, tutti abbronzati, tutti simpatici, tutti felici, tutti tutto troppo. Il primo giorno mi era capitato di parlare con uno di loro e trovandolo un argomento simpatico mi ero messa a raccontare di una pazza che avevo incontrato in spiaggia con le calze di nylon per paura dei microbi nella sabbia. "Guarda che se ti va di dormire con me stanotte, dillo subito. Dai, ti do le chiavi, basta con le chiacchiere." Basta con le chiacchiere mi aveva detto. L'animatore.

Era proprio quella leggerezza dominante, comunque, lo stimolo di cui avevo bisogno per liberarmi da tutte quelle inutili zavorre mentali. Fatto sta che riuscii a trovare un certo piacere nell'abbrustolirmi sul bordo della piscina e nello scambiare qualche chiacchiera con i vicini d'ombrellone, anche se non arrivai a partecipare alle dinamiche del villaggio, dove nessun rapporto prevedeva che ci si stesse a pensare su troppo.

(Guarda che tu piaci malgrado, non per il tuo cervello, mi disse una persona e ancora non ho capito cosa volesse dire.) Allora.

Marco di tutti gli animatori belli era senza dubbio il più bello. Cominciai a parlarci distrattamente, proprio l'ultima sera. Era capitato al mio tavolo per cena e la cosa mi infastidiva perché era come l'intrusione di un mondo, che osservavo da fuori, nel mio proprio, un po' come se mentre stai guardando *La ruota della fortuna* ti ritrovi Mike Bongiorno sul divano vicino a te. Non ero cromosomicamente adatta al gioco clienti-animatori e "questo" pensavo "lo so io e lo sa lui". Che bell'alibi la testa!

Ringrazio Marco per i suoi boccoli biondi, i suoi occhi azzurri e il suo dialetto siciliano, ringrazio Marco perché mi fece domande assolutamente banali e ringrazio Marco perché anche le mie risposte furono banali e distratte, ma: "Ci vediamo in spiaggia per i fuochi d'artificio?" mi chiese alla fine della cena. Capite? I libri che avevo letto non c'entravano niente, anzi, sarebbero stati proprio fuori luogo e mentre mille luci colorate facevano esplodere la notte mi sentivo stranamente leggera e, perché no, felice. Marco guardava i fuochi d'artificio come un bambino e mi chiedeva di tradurgli la canzone inglese che faceva da sottofondo allo spettacolo e: "Minchia quanto sei intelligente!" mi ripeteva. I fuochi si spensero e noi rimanemmo lì, spiaggia, mare, buio come sfondo. Attenzione! Il come, il dove e il quando vi sembreranno terribili cliché, ma dei film di Vanzina quella notte non ebbe proprio niente. Marco cominciò a raccontarmi di una sua ex che d'improvviso aveva deciso di farsi monaca, io gli raccontai dei posti che avevo visto in giro per il mondo e così andammo avanti a lungo. "Non ci posso credere!" disse a un tratto, "sto comunicando e lo sto facendo con te che sei una ragazza e di solito qui le ragazze se tu gli dici: 'Parliamo' ti chiedono: 'E di che?', insomma, è strano, ma sei strana tu, con questi occhi indiani, questo vestito che sembra una camicia da notte e poi, soprattutto, queste trecce..." E non si immaginava di come, per altre ragioni, fosse strana anche per me quella situazione e di come lo diventò ancora di più quando cominciò a piovere e Marco mi disse: "Seguimi" e "Parla da notte, altrimenti sveglieremo tutti" e mi portò dietro le quinte del teatro, dove dormivano costumi e attrezzi di scena. Illuminò con la torcia la balena di cartone che avevo visto la sera prima nello spettacolo *Pinocchio*.

"Mi è venuto in mente ieri che non sono mai entrato lì dentro. Andiamo?" mi chiese divertito e io dissi: "Certo" e ci sistemammo in quel ventre di favola e vernice. Furono ore allegre e dolci. A lui sembrava assurdo parlare in modo tanto impegnato e a me sembrava assurdo parlare in modo tanto leggero. Passò il tempo, il mio aereo sarebbe partito da lì a poco e dovevo ancora prepararmi le valigie, così ci trasferimmo nella mia stanza e anche i nostri ultimi momenti avrebbero boicottato un eventuale "Sapore di mare", perché non successe proprio niente e, chiusi i bagagli, Marco mi chiese di sedermi sul letto e farmi guardare un po'. "Così," disse, "perché non si vedrà più un'indiana alla Valtour." Disse anche che forse non ci saremmo più sentiti, perché l'animatore incontra e dimentica.

Invece dopo pochi giorni ricevetti la sua prima telefonata e a pochi giorni fa risale la più recente.

Continua a ripetermi che quella notte è stata stranissima perché ha avuto qualcosa di più e qualcosa di meno rispetto a tutte le sue altre notti. Dice che sono identica a Pocahontas e io gli ricordo che lui ha gli stessi occhi e gli stessi capelli di John Smith.

Come in quella favola, in fondo, anche nella nostra Oriente e Occidente riescono a incontrarsi.

È bello poter chiamare una persona per nome!

Elena

C'è un punto, più o meno lontano, per ognuno di noi, in cui la nostra Persona si esaurisce. È nelle vicinanze di quel punto che, in me, cominciamo io ed Elena, ed è proprio a quel punto che comincia Elena. Non solo l'una finisce dove inizia l'altra, ma il termine dell'una coincide perfettamente col principio dell'altra, per un bel tratto. Ecco, quel tratto prende il nome di chiaraeelena, una parola sola, senza congiunzione e maiuscole, chiaraeelena.

"Chi esce stasera?"

"Mah... Verrà Simone, Laura, Roberta e chiaraeelena..."

"Davvero? Chi te l'ha detto?"

"chiaraeelena!"

"Chi fa la penitenza?"

"Facciamola fare a chiaraeelena...", chiaraeelena, conferma anche semantica della nostra osmosi.

Amica del cuore, confidente eletta, braccia fra le quali piangere, occhi con i quali intendersi, compagna d'infanzia, di crescita, di viaggi, della prima sigaretta e dell'ultimo spettacolo al cinema, Elena rappresenta per me un po' ognuno di questi cliché, ma non ne incarna precisamente nessuno, perché...

Insomma, mi sembra tutto così diverso quello che facciamo insieme, anche se, fermandosi al cosa, potrebbe apparire normale e all'ordine del giorno. Come faccio a dire che abbiamo scoperto insieme l'Irlanda, *il nostro Paradiso Verde,* quando penso che in fondo quella non era che una vacanza studio e l'immagine stereotipata delle vacanze studio ci mostra sedicenni sviluppati da poco che puntano le francesi della classe vicina? Non si può, mi sembra quasi di scivolare nel blasfemo.

Vediamo... Io credo che si scopra di essere innamorati quando in quel posto, a quell'ora, è proprio quella persona che vogliamo vicino a noi. Praticamente mai nella vita mi è capitato di implorare al mondo di fermarsi, perché non desideravo nient'altro che essere in quel dove e in quel quando e con quel ragazzo. Con Elena mi succede sempre. È il mio eternamente – giusto – chi, in ogni quando e in ogni dove e forse questo mi frena nei confronti di altre nuove e magari esaltanti amicizie femminili, ma siamo troppo carine, lei e io, quando, il più delle volte in macchina, tornando da una festa, ci tuffiamo in considerazioni sul nostro rapporto e su come magari alle nostre nuove compagne d'università possiamo apparire asociali.

"Però Chiarettina," dice lei, "che ti devo dire? È come se sei fidanzata e soddisfatta... Con gli altri ragazzi sei gentile, per carità," la adoro quando dice per carità! "però in fondo in fondo non te ne frega niente." Ha ragione, ha sempre ragione. Io sono tutta per aria, lei è qui per terra. Io studio cinema, lei ingegneria. Io scrivo letteroni chilometrici, lei fa la brutta pure delle cartoline. Quello che io, per un fattore cromosomico, non posso darle, a lei non interessa perché è già suo, se lo dà da sola, e per me è lo stesso.

Le cose più assurde della mia vita le ho fatte da sola e con lei. Cassette intere con registrate le voci dei vecchi sugli autobus di Cork, piani tattici per scaricare o conquistare ragazzi, il taxi preso con Guccini, i party notturni con gli spagnoli, nel giardino della nostra famiglia irlandese... Siamo esattamente sulla stessa linea d'onda. "Perché no?" è il nostro motto e il fattore che rende esaltante la nostra esistenza, a differenza di quella delle ragazze alla *Non è la Rai* che urletano: "Che grezza!" anche se devono chiedere un'informazione stradale.

È tristissimo provare un'impressione per qualcosa, notare una stonatura in qualcuno, ma non poter condividere la propria sensazione con nessuno, e il bello mio e di Elena sta soprattutto qui, nella nostra intesa perfetta, nel nostro cogliere lo stesso giudizio critico da un evento senza doverlo stare lì a spiegare "Capito?" "Certo che ho capito." E poi e poi e poi troppi e poi ci sarebbero. Amiamo o detestiamo, per esempio. Ci basta un sorriso per portare una persona alle stelle, ma se quella persona un giorno facesse uno sgarbo a una di noi, la getteremmo subito all'inferno. Non saremo mai fonte di perplessità reciproca. È una specie di associazione a delinquere, è vero, e se prendiamo di mira qualcuno non gli facciamo passare nemmeno il modo in cui accavalla le gambe. Un giorno mi è saltato in mente che un mio ex ragazzo non si meritava un librettino con foto e storielle mie che, a suo tempo, gli avevo regalato, così ne ho parlato a Elena e lei: "Be', andiamocelo a riprendere" e così è stato. "È furto?" "Macché, sei tu la legittima proprietaria!" A volte ci diciamo che le nostre stronzate sono filosofiche, perché la loro eccessività è resa possibile solo da una solida integrità intellettuale. "Secondo me chi ci vede non ci darebbe un diploma di scuola media in due," dice spesso Elena che invece non fa che dare esami e prendere trenta senza farlo pesare a nessuno. È la mia pace e io adoro anche i suoi ritardi e i suoi particolari più strani, come quello di trovare un sostantivo per ogni situazione. Se io le propongo di andare a una festa, lei esclama: "Divertimento!", una serata a guardare un film a casa mia è "Tranquillità", un pettegolezzo corposo è "Scandalo!!!". Quando ritorno a Roma viene sempre lei a prendermi alla stazione e i nostri incontri sono peggio di quelli che si vedono a *Stranamore*. Ci abbracciamo, ci riempiamo di baci e ci chiediamo: "Perché?".

Elena c'era prima del buio, c'è stata durante, c'è dopo, cioè ora, e rimarrà per sempre. Che ci posso fare, ognuno ha le sue dipendenze e le mie sono le Marlboro lights, i monologhi di Gaber, il succo d'ananas ed Elena.

Le mie risate sono belle solo insieme alle tue.

Emiliano

Questa storia racconta di quel particolare e intimo momento in cui si capisce che quel cielo che da sempre abbiamo creduto troppo azzurro per noi, proprio con la nostra presenza può diventare di un turchese ancora più intenso. Avevo quindici anni, l'estate era alle porte e io non ce la facevo più. Basta, basta ai Sabati sera di patatine fritte, Coca-Cola e musica di Venditti in sottofondo con i compagni di classe. A quelle riunioni profumate di gomma di Superga nuove, con ginnasiali esaltati dalle loro prime serate "fra amici" e sempre attenti all'orologio, che a mezzanotte ecco il citofono e: "Chi è? Ah, il papà di Alessandra... Vuole salire a conoscere i miei? Ah, la macchina parcheggiata in seconda fila... Sì, qui è difficile trovare posto, allora la faccio scendere, eh!". E Alessandra prende il suo Barbour blu, saluta tutti con un bacio sulla guancia, alle amiche più care un sorriso complice e un: "Ti telefono domani", ringrazia la o il festeggiato per la bella serata e scende giù, dove ecco il papà nella sua Tipo bianca, che però di solito usa la mamma perché a lui spetta il macchinone di casa e: "Ciao papà" e "Ciao Alessandra, ti sei divertita?" e "Sì, molto". E il papà che la guarda contento e commosso e pensa: "Mia figlia sta diventando una signorina". Che palle.

Ci scoppiavo in quelle serate trincerate in quegli appartamenti ordinati e puliti e nelle ricreazioni trincerata in classe con alcuni dei miei compagni addirittura seduti al banco, a scartare la fetta di ciambellone o la mela o la pizza che mammina ha avvolto la mattina stessa nella carta argentata perché a comprare la merenda a scuola si rischia la salmonellosi.

"Non ce la faccio più e vita non è questo," mi dicevo e poi.

E poi venne tutto da solo.

Emiliano.

E se non fosse stato Emiliano forse sarebbe stato un altro, però fu Emiliano.

Chi l'avrebbe mai detto? Alla festa delle gemelle Valentini – stesso caschetto biondo, stessa faccia brufolosa, stesso nome composto di due nomi il cui primo è Maria – orrore! Degli imbucati! Trambusto, frastuono, risatine delle più oche. "I liceali! Che fichi!" Disperata, la mamma che si atteggia a moderna: "Va bene, va bene, fateli entrare, ma non più di tre". Maria Teresa e Maria Assunta fanno capolino sulla porta, pallide come un morto (in coro): "Possono entrare solo tre persone". Sono cinque in tutto.

"E dai, Valenti', fateli entrare." "Aspettate un minuto. Andiamo a chiedere a nostra madre." (Sempre in coro.)

"..."

"..."

"..."

"Va bene, entrate."

Io stavo ballando un lento con un mio compagno, il più piovra di tutti, che da quando era iniziato tutto quel casino di citofoni e campanello e mamma delle Valentini non aveva fatto altro che scuotere la testa e mugugnare: "Che gente! Neanche le conoscono, avranno saputo della festa per caso e visto che è estate e non sanno cosa fare vengono a romperci i coglioni". Che ridicoli, che ridicoli i miei compagni quando dicevano le parolacce che non fluivano naturali come il resto del discorso, no, erano pensate e uscivano dalla bocca distorte, insicure, loro che volevano apparire tanto ardite.

Il lento era finito, gli imbucati erano entrati. Sapevo tutto di loro che adoravo e osservavo dalla porta della mia classe e loro forse non mi avevano neanche mai vista. C'erano Claudia e Fabio, coppia fissa da quasi tre anni, Raffaele, che-guevarista fracico, Gianluca Pastelli, idolo delle ginnasiali, ed Emiliano. Oh, quello lo conoscevo bene. Era il figlio della mia maestra delle elementari e da piccoli avevamo passato pomeriggi interi a giocare con i suoi Masters e le mie Barbie. Poi ero cresciuta, incontravo ogni tanto la mia maestra a messa la domenica, poi neanche più quello e otto anni dopo figuriamoci se suo figlio si ricorda di me, misera ginnasiale con le Superga bianche e i jeans, lui che ormai è in terza liceo ed è rappresentante d'istituto ed è stato con Barbara, Miss Socrate dell'anno scorso, e Delia che ha due anni più di lui perché è stata bocciata in quarta e in prima e altre, tutte perfettissime e conosciute da tutti. Potevo io, con la faccia da cinese e piatta come una tavola, presentarmi e: "Ciao, noi giocavamo a Barbie!"? Siamo matti.

Eccomi lì spalmata su una parete a mangiare una pizzetta, altro che Barbie...

"Ciao Chiara."

Chi è? No... Dio mio, e ora? Ma... Sì, sorridere e soprattutto smettere di tremare.

"Ciao." Ciao Emiliano è troppo confidenziale. Io sono ginnasiale, non lo so che alle feste è come se ci si conoscesse tutti da secoli, non lo so che si creano strane intimità che la mattina dopo già si dimenticano.

"Come va?" sono pazza, folle, che dico! Emiliano non si scompone, lui di feste ne ha viste tante.

"Bene, anche se gli esami si avvicinano!"

LA MATURITÀ.
"Cosa porti?" banale!!!
"Italiano e storia."
"Ah."
"..."
"..."
"Come sta la maestra Patrizia?"
Ecco, l'avevo detto. Però il ghiaccio era rotto.
Non mi sembrava vero, ma poi ci ritrovammo a parlare di libri, ehi dico, LIBRI, di letteratura, di speranze, convinzioni... E... Ed Emiliano capiva e leggeva e sperava! E non si stava annoiando a parlare con me. Passò la serata, salutai: "Grazie Maria Teresa, grazie Maria Assunta, è stata una splendida festa", stavolta era vero. "Magari domani vi chiamo." Be' non esageriamo. Ciao a tutti, e ora come saluto Emiliano? Ciao, ci vediamo, altrimenti in bocca al lupo, ciao. Cavolo.

Roma, 13-06-1993

Cara Chiara,
sono le sette e non ho molto tempo. Saluto fuggevolmente mio padre e subito naufrago nella lettura della tua lettera. La divoro sollecito e bramoso di guadagnare la conclusione. Inseguo le parole, veleggio con la fantasia, afferro la tua immagine, mi sei vicina irrimediabilmente. Una sequela sterminata di suggestioni, di sensazioni, uno sconvolgimento montante. Ho quasi paura di proseguire, ma una volontà invadente mi pungola. Rimango muto, la lettera ha consumato la sua ultima parola anche se continua a parlare dentro di me. È mia. È per questo che sono zitto, raccolto, assorto.
Finalmente il Socrate ha una ragazza da ammirare, da conoscere, da coltivare, da ascoltare, da amare. Una sorgente di fresca,

sbocciante spiritualità congiunta a uno studio attento e delicato della vita. Ho un gran mal di testa, vorrei vederti, ho davanti il tuo volto armonioso e abbronzato. Non so come ringraziarti, vorrei cingerti in un abbraccio forte forte, che non finisse mai. Hai una capacità di penetrazione che mi sbalordisce, questa sera ho letto la lettera più bella della mia vita, quasi quasi non ci credo eppure è così. Ripercorro tutte le fasi della nostra conoscenza e anche io ringrazio il cielo per averci fatto incontrare. Hai gettato un seme nel mio cuore che arde di sbocciare. Non so esprimerti il mio trasporto nei tuoi confronti, non mi era mai capitato di sperimentare una ragazza come te, ho scoperto un tesoro e il suo forziere si è aperto da solo. Sono fortunato, scoppio di gioia, penso di aver trovato l'essenza più pura dell'amicizia e non credo di illudermi. Non voglio perderti e stai sicura, non ti deluderò. Quando ti sfioro con il pensiero, attraverso la vita con più leggerezza, con prospettive più ampie di una prosaica e avvilente mediocrità sentimentale, il tuo pensiero è un richiamo costante a uscire da me stesso e sperimentarmi negli altri. Sei una strada da seguire fiduciosa, la poesia di una poetessa che scrive se stessa per gli altri e che per gli altri rifiuta le aride pagine di letteratura per diffondere le sue note lievi nella realtà. Sono felice quando ti sogno, perché capisco che la realtà è anche sogno e inverosimile, basta sapere che esistono anime capaci di vedere e parlare sognando, capendo di più di coloro che per capire e giudicare hanno licenziato i sogni. Vorrei stare più spesso con te per non essere mai solo, per avere la certezza di crescere, di migliorarmi, di capire e di farmi capire. Così l'addio al liceo si colora di un nero ancora più fosco e insopportabile proprio perché quella poteva essere la nostra casa comune, ma spero che riusciremo a superare qualsiasi difficoltà materiale. Sono felice e non avverto il fardello della maturità. È altra, la maturità che cerco: una maturità autonoma e universale, umana, problematica, che io scelgo per me senza alcuna imposizione esterna.

Un anno stupendo sta per declinare, un anno di certezze, ma soprattutto di speranze. La più importante sei tu, anche se hai già seminato tante certezze nel mio cuore. Non pensavo proprio che in prossimità di un esame di maturità vivessi un'esperienza umana così entusiasmante e invece di assumere un animo severo, responsabile e guardingo, assumessi lo sguardo estasiato e fantasticamente assorto di un bambino che impara a vivere ascoltando favole. Incredibile, ma sono contento che le cose più incredibili incrinino i miei convincimenti di una razionalità sbiadita.

Quando andrò in Germania, quest'estate, nella valigia custodirò anche te e sarò più sicuro, più fiducioso, anche se un po' più triste. Ed è per questo che continuerò sempre a scriverti, senza stancarmi mai, nel ricordo delle lunghe, intense chiacchierate e affinché gli oggetti, gli uomini, le situazioni che il mio sguardo, il mio cuore hanno visto, siano visti anche dal tuo sguardo e dal tuo cuore, mia adorata giornalista dell'anima.
Ti penso sempre

Emiliano

Mi pensava sempre.
Emiliano mi pensava sempre.
Ragazzi!!!
La notte stessa di quella memorabile festa, tornata a casa avevo buttato giù, su un foglio, le mie emozioni e per la prima volta le avevo indirizzate a qualcuno e quel qualcuno era Emiliano e la cosa più assurda di tutte era che non avevo lasciato quella lettera fra le pagine del mio diario, macché!, avevo composto un numero di telefono e: "Emiliano, puoi venire a casa mia? Devo darti una cosa".
(Quanta audacia! Quanta sicurezza!) Ed eccolo, poco dopo, Emiliano, in motorino, di fretta perché aveva un ap-

puntamento con una delle sue solite amichette, e poi via, con la mia busta nella tasca dei jeans.

Ma il giorno dopo, che cosa trovai nella cassetta delle lettere? Una lettera, ovvio, ma... Quella lettera era di Emiliano! Emiliano che mi chiamava giornalista dell'anima e mi pensava sempre! Oggi leggo quelle righe e sorrido con tenerezza per la loro semplicità, ma allora avevo quindici anni e le lessi tutte d'un fiato e poi piano piano e poi di nuovo tutte d'un fiato, continuavo a dirmi che era un sogno, che la mia lettera in fondo non era niente di che, anzi, che... Oh, che io lo adoravo e che ci saremmo sposati perché eravamo gli unici due esemplari di quella razza su tutta, tutta la Terra, e ora che il destino aveva permesso che ci incontrassimo non avremmo potuto perderci mai più. Volavo sul serio, quelle parole mi avevano dato la spinta che aspettavo da tempo, sbadigliando nei salotti puzzolenti di ginnasio. Risposi a Emiliano togliendo alla mia penna quei naturali freni inibitori che l'avevano rallentata nella prima lettera e allora sì... Tutti quei pensieri nascosti negli anni e nelle pieghe del cuore, li distesi in quelle pagine scritte fitte fitte.

Arrivò il giorno della prima prova scritta per Emiliano e io andai ad aspettarlo fuori scuola. Che gioia vederlo uscire e correre senza esitazioni da me, ignorando completamente tutte le bellone in calzoncini e top che aspettavano i maturandi più in vista su un muretto, fumando. Era felice e mi sventolò davanti un foglio di quaderno: "Ho finito presto il tema e mi è venuta voglia di scriverti!". Emiliano era così e io non feci altro che tuffarmi in quella scrittura ormai familiare, con lo stesso impeto di sempre.

Cominciammo a vederci di continuo, soli o con il "gruppo" in cui ormai Emiliano mi aveva inserito, ogni giorno portava nuove lettere e prime volte – prime corse in motorino, prime feste da imbucata, primi film in cassetta tutti a casa mia – e nuove ebbrezze.

E così fra risate, batticuore e mani sporche d'inchiostro arrivò la vigilia delle mie vacanze che, come ogni anno, mi avrebbero portato in Irlanda. L'estate dilata il tempo e non mi sembrava vero che Emiliano fosse stato catapultato nella mia vita solo da poche settimane. Si dice spesso che chi è felice scopre di esserlo solo quando non lo è più. No, per me non era così. Ero raggiante e consapevole di esserlo e già mi disperava l'idea della mia partenza, perché finiti gli esami anche Emiliano sarebbe volato via, in Germania, a imparare il tedesco lavorando in un fast-food e ci sarebbe rimasto un anno... Un anno senza telefonate di buonanotte, un anno senza citofonate improvvise, un anno senza Emiliano, un anno senza amore.

La nostra ultima notte ci vide sotto casa mia, stretti stretti, appoggiati addosso a una macchina a costruire il futuro, rimirare il passato e godere del presente.

"È per sempre, vero?"

"Sempre."

Uno sguardo, un abbraccio forte forte, "Fino in Irlanda", "Fino in Germania", nessun bacio da fotoromanzo – mai, anche se quella volta ci sarebbe stato bene – e io ero già nel mio letto ed Emiliano già sul suo motorino che avevo battezzato Pegaso.

Passai la notte a piangere lacrime di vita – meravigliosa sensazione! – e la mattina mi trovò in uno stato di dolce stordimento. Sì, l'avevo preso lo spazzolino da denti, rassicuravo mia madre mentre stavamo caricando i miei bagagli in macchina e... No, era un sogno, no... Incurante dei miei genitori mi lanciai di corsa incontro a Pegaso, con Emiliano sopra a quello che mi sembrava realmente un cavallo alato, tanto la sua visione mi appariva magica e surreale.

"Ti ho portato questo libro di cui ti ho parlato. È la mia copia personale, sottolineata, ne sono gelosissimo. E una lettera. Mi mancherai da matti."

E di nuovo via con il vento – ma che vento, era una giornata caldissima, però concedetemi qualche licenza – e io che non ci capivo niente.

Ecco, fermiamo l'immagine su di me imbambolata, con il libro in una mano e la lettera nell'altra. L'incanto di quei giorni finisce lì. Durante quell'estate scrissi a Emiliano tutti i giorni, gli telefonai, ma era già partito e non ebbi più sue notizie finché a settembre mi arrivò una sua lettera che terminava con "Un bacione". Emiliano non finiva mai le sue lettere con dei "bacioni" e poi quel foglio era spiegazzato, scritto di fretta, pieno di errori di ortografia... Dov'era finita l'adorazione e l'amore e la sacralità delle altre lettere? La risposta riuscii a darmela solo in seguito, perché Emiliano non tornò dopo un anno, ma dopo qualche giorno e il suo sguardo era strano, diverso. Riconobbi quegli stessi occhi guardando i miei allo specchio qualche mese più tardi. Avevamo cominciato a crescere.

Emiliano e io non abbiamo mai smesso di volerci bene e mai smetteremo di farlo. La vita a tratti ci sbatte lontani l'una dall'altro, ma prima o poi ci ritroviamo sempre perché quello che ci unisce è forte e profondo e perché ci brucia dentro lo stesso fuoco. Sbagliamo strada di continuo e di continuo ne imbocchiamo una nuova, sempre di corsa, con lo stesso ardore con cui quel giorno imboccammo la strada della nostra amicizia quasi d'amore.

Emiliano, nei momenti più brutti durante i quali non mi sembrava ci fosse un confine fra il mio spirito e il mio dolore, era la conferma che io esistessi e che non fossi tutta malattia perché mi ha conosciuta e amata quando ero ancora sana e libera e felice. Dice che vedermi vivere gli mette l'allegria addosso perché è come leggere un libro pieno di colpi di scena e in cui si cambia continuamente stile.

Non so se quel libro senza di lui esisterebbe, perché forse fu il fatto di essere in due e di non avere il terrore di rimanere soli dopo un salto nel buio che ci convinse, quella lontana estate, a fare del nostro guscio il mondo.

Perché ci sono quei momenti, pochi, e quelle persone, ancora di meno, che avranno sempre, a ogni ora, un posto privilegiato nel nostro cuore...

Regina

Ho tante cose da dire e da mostrare a Chiara. Voglio condurla alla porta delle stelle, facendole salire i gradini d'aroma dell'est, quelli di luna dell'ovest, attraverso la freccia d'oro del sud. Voglio farle ascoltare i canti del mare e del vento, mostrarle dove nascono le ginestre e con i loro profumi i sogni gialli e il sole. Voglio sempre raccontarle l'avventura degli abitanti del deserto che avanzano, alte torri al crepuscolo, infuocate e fiere, arabi cavalli di ocra e di argilla, corsieri immoti nell'occhio di Dio e quella degli abitanti del mare che sono soffi, schiume con scaglie di scogli sul capo reclino, ninfe azzurre e trasparenti, voci di miele e vento. Voglio dirle che un soffio di sabbia feconda le schiume. Che noi siamo deserto e mare. Che siamo la storia più bella.

Voglio portarla alle cave, dove nascono bolle calde dal marmo rosa.

Voglio in eterno parlare con Lei, come due angeli che scovano il Paradiso in ogni angolo, continuando a guardare il mondo come peschi con le radici fra le nuvole.

Regina, il fuoco tra i capelli, la terra nel petto, l'acqua nelle gambe e l'aria nell'anima, regina di ogni dove e di ogni

quando, Regina della sua spiaggia, regina del mio Destino,
Regina del mistero delle parole regina,
sposami posami osami ch'io possa sposarti posarti osarti
non posso cantarti, ma ti lascio cantare com'era bello viverci.

Fabio

Un inizio troppo denso è rischioso per qualsiasi cosa, sia essa una relazione, una telefonata, un'intera esistenza, un film, un testo o, per l'appunto, un capitolo di un testo. Bisogna avere qualche giorno, qualche mucchio di parole inutili, mezza pagina leggera, per prepararsi a cogliere ciò che è importante. Il mio mucchio di parole inutili così l'ho scritto. L'arte mi infonde più sicurezza della vita perché solo nelle "città" di Rimbaud, solo nel primo piano di Alex all'inizio di *Arancia Meccanica*, solo nei girasoli di Van Gogh si può trovare la vera armonia, l'unione, la splendida intesa fra ciò che va fuori e ciò che viene da dentro, fra gesto e impulso. Ho bisogno di aria.

Mi entusiasma Fabio perché il nostro rapporto non è bello solo nel contenuto, ma anche nella forma. Non mi sto riferendo all'educazione nel senso più stantio del termine: un conto è parlare di formalità, un altro è parlare proprio di forma.

A molti capita di avere difficoltà nell'esprimersi, di non trovare le parole giuste, di essere sempre approssimativi nel chiamare le cose, di non possedere tanti termini quante sono le situazioni e gli oggetti e le emozioni che si incontrano. Questo non è un grosso problema in un contesto così pressapochista come quello di oggi che si fa travolgere da un qualsiasi ciclone e che permette a chiunque di spiegarci qual è l'anima del mondo.

Non sono una snob, o forse sì, però è impossibile non deprimersi quando si accende la televisione o peggio ancora quando qualcuno ha bisogno di dire che non la guarda e spiega: "Sai, sono molto sensibile". (Ma che si dicono queste cose?!? "Ma come parli? Chi parla male pensa male e vive male. Le parole sono importanti." Santo Moretti.) Dunque. Poiché il tizio che dichiara di essere molto sensibile appartiene a un gruppo in cui tutti dichiarano di essere molto sensibili, e così non sarà mai solo, il problema non è suo, ma di chi invece sente di avere dentro di sé parole che però non sa con chi condividere.

Voglio bene ai miei amici del mare, adoro i canari, ma in questo discorso l'affetto c'entra poco o forse è l'unico fattore che spinge a compiere lo sforzo di tradurre le parole che useresti con quelle che per l'altro sono più familiari. E se dentro hai un'orchestra pazza che suona solo parole strane, è davvero un casino.

"Grazie!" dico spesso a Fabio quando, dopo aver fatto una tirata di cinque minuti in cui ho completamente sciolto le briglie di controllo sulle mie parole, gli chiedo: "Capito?" e lui mi risponde: "Sì".

"Bisogna essere intensi," dice Fabio ed è proprio così, bisogna essere intensi, bisogna ancora tendere a ciò che è bello e a ciò che è vero, bisogna aspirare alla comprensione e non si può comprendere una cosa se non le si è prima dato il nome esatto.

È una questione di rispetto, lo ribadisco.

Ha tutta la mia stima la showgirl dal corpo perfetto, che non ha mai letto niente in vita sua e che parla solo di trucco e di sfilate, ma mi si contorcono le viscere quando si sta "fra amici" e uno dice: "Scrivo poesie" e un altro dice: "Pure io" e un altro: "Io le mie non le ho mai fatte leggere a nessuno".

Poesia... C'è chi ci muore di Poesia!

Ho sentito gente proclamare di aver scoperto la beat-generation prima di scoprire che fosse già stata scoperta, ho sentito dare del colto a chi ogni tanto va al cinema, ho sentito – giuro! – affermazioni come "Mi piace la letteratura" e ogni volta che sento cose del genere soffro come un prete che sente bestemmiare, perché io "letteratura" non lo riesco nemmeno a pronunciare e dire "mi piace" significherebbe mettere due parole fra me e la dimensione in cui aspiro di sprofondare.

Ho bisogno di una sigaretta.

Fabio "mi piace il cinema" non me lo ha mai detto, ma l'ultima volta che gli ho telefonato stava provando a inserire musiche di Aphex Twin su *Ottobre* di Ejsenstejn. Non mi ha mai detto: "Sono sensibile" ma è uno dei pochi i cui gesti o le cui parole non hanno mai violentato ancor di più la sfera della mia malattia.

A volte preferisco non sentirlo per un po', per sopportare meglio il quotidiano sociale che mi circonda, ma quando questo alla fine mi nausea ho troppo bisogno di refrigerarmi e allora lo chiamo. A causa della mia salute fino a poco tempo fa, pur imbastendo telefonate di ore e ore, ci potevamo vedere ben poche volte, ma ricordo con vera gioia ognuna di quelle volte, perché aveva sempre un come, un quando e un dove perfettamente armonici e sensati.

Mi piace stare con Fabio perché davanti a un quadro rimane zitto.

Ho letto una pagina di Sartre insieme a una ragazza. È stato come farci l'amore. Non so se lei se ne è accorta.

Sul treno

La saggezza a cui aspiro non è quella del vecchio eremita che nel glaciale isolamento della sua montagna trova la chiave dell'Assoluto, ma quella del giullare di strada che crea infiniti colori, coinvolge nelle sue danze tenutarie di bordelli e dame distinte, ride con gli ubriachi in osteria, dona vivide tonalità anche a simili contesti e proprio prendendo spunto da essi guadagnerà nuove sfumature.

Potrebbe apparire schizofrenico fremere per le pagine di Eschilo e poi stare ad ascoltare con grande serietà il padrone di Fido e la sua ultima storia di letto, ma io attingo a piene mani dal circostante e i miei racconti ne pulsano e allora la più bieca situazione diventa linfa narrativa, osservazioni banali diventano battute di quei personaggi ai quali io, da sola, non riuscirei a dare voce con altrettanta precisione mimetica.

È a questa incessante interferenza fra realtà e possibilità, fra quotidiano e magico, fra accaduto e pensato, che devo il fatto di non essermi mai annoiata in vita mia.

Queste pagine sono dunque un omaggio a tutti quegli incontri veloci e che sarebbero benissimo potuti non essere, ma che sono stati e attraversandomi fugacemente mi hanno comunque arricchita, soprattutto nella consapevolezza di un panorama umano più vasto di quello che immaginavo.

Il treno è per antonomasia associato a questi rapidi incroci esistenziali: io ne prendo quasi uno al giorno, nella mia strana dimensione che si muove fra tre diverse città, e vi assicuro che basta ascoltare e fare le domande giuste perché persino il viaggio più lungo duri un attimo e poi rimanga in te come nuova convinzione, come scoperta o come semplice aneddoto, per l'eternità.

INTERCITY I. NIEVO, UDINE-SALERNO
Compagni di scompartimento: studente di economia, integralista islamico, camionista rumeno

(*Salgo sul treno a Padova, destinazione Roma.*)
"Buongiorno... È libero? Grazie..."
" ..."
" ..."
(*In qualche modo la miccia del discorso si accende, succede sempre prima o poi se sono almeno in due a volerlo. "Che caldo," dice uno, "Già," risponde l'altro, "Mai quanto l'estate scorsa a Cuba," fa un terzo, "Ah perché, sei stato a Cuba?" il primo, "Sì, un'esperienza davvero unica..."*)
"Un'esperienza davvero unica! Sapevo già di amare la mia ragazza, ma sai, trascorrere questo weekend in tenda solo con lei mi ha fatto capire che la voglio al mio fianco per tutta la vita." Ha la faccia pulita, questo studente di economia, gli occhialetti tondi e il sorriso gentile. Parliamo da una ventina di minuti, gli altri, nello scompartimento, sembrano dormire.
Sembrano.
"Cosa? Ha dormito con la sua fidanzata?" Signore di mezza età, distinto, pelle scura, tratti sicuramente non europei.

"Sì," risponde timido lo studentello.

"Cose da pazzi..."

Si sveglia nel frattempo anche l'altro passeggero, che svelerà la sua identità solo più tardi, ma per cui fino ad allora parleranno chiaramente muscolacci tatuati, maniche di camicia arrotolate fin sotto le ascelle, due lattine di birra vuote ai piedi, buttate a terra.

Continua lo strano tizio olivastro: "Nel mio paese queste cosacce non capitano mai".

Io: "Da dove viene?".

"Sono libico."

(*Si vede che vuole dire di più, va aiutato*): "Come mai è qui in Italia?".

"Per lavoro, ma ogni volta che vengo non aspetto altro che di tornarmene a casa. Il vostro popolo è troppo diverso dal mio... Guardi questo ragazzo: non ci conosce e ci racconta di aver fatto certe cose con una ragazza che sarà giovane come lui..."

Studente: "Io veramente...".

"Tu sei come la tua legge e la tua nazione ti permettono di essere, non è colpa tua."

Io: "Che forma di governo avete in Libia?".

"Repubblica sotto controllo militare." "E a quale religione appartenete?" "Siamo musulmani. È questo che fa andare avanti le cose nel modo giusto." "In che senso?" studente.

"In che senso, in che senso... Giovanotto, nel senso che lei sarebbe già in prigione a casa mia! Chi ha rapporti prima del matrimonio è severamente punito dalla nostra legge."

(*È il caso di spingere*) Io: "Non ci credo!".

"E io non credo che a una signorina graziosa come lei sembri strano ciò che a me sembra essere naturale. Per voi ormai tutto è lecito... Il divorzio, l'aborto, non vi sconvolge più niente, non avete nessun freno... In Libia ad esempio l'adulterio è punito col taglio della mano destra."

"Nooo..."

"Certo!"

"E se uno si sposa e poi si innamora di un'altra persona?"

"Non può succedere! Come si fa a innamorarsi di una persona con cui non si è sposati? A una donna non può proprio accadere, per un uomo..."

"Per un uomo?"

"Be', diciamo che un uomo può prendersi un'altra donna, se quella che ha magari si ammala o diventa paralitica e non gli serve più."

"E quindi poi vive con due donne?"

"No, con due mogli. Tutto è alla luce del sole. Qui è pieno di ladri e poi ci sono, di notte, quelle donnacce mezze nude per strada... In Libia questa cattiva gente viene eliminata ancor prima che possa esistere. La donna si spoglia solo per il suo uomo che spesso la incontra per la prima volta il giorno delle nozze. Durante il periodo di fidanzamento la futura sposa deve chiudersi in casa e deve essere accompagnata dalla madre anche solo per andare in bagno. Ogni donna in vita sua deve conoscere solo un uomo, quello che sposa e ogni uomo può conoscere anche dieci donne, ma deve prima averle sposate."

"Dunque la prostituzione proprio non esiste?"

"No."

"E gli stupri?"

"Certo che no."

"Mai una scappatella?"

"No."

"Una passeggiata mano nella mano fra fidanzati?"

"No."

"E i vibratori?"

Mi ero scordata che nello scompartimento c'era una quarta persona.

EUROSTAR ROMA-VENEZIA
Compagni di viaggio: una coppia innamorata

(*Saliamo tutti e tre a Roma, la mia destinazione è Bologna, loro non sembrano averla.*)
"Ciao!" È bello quando la gente ti si siede davanti e ti saluta, è tutto più facile così, sai che se hai voglia di ascoltare una storia, quella persona sarà ben lieta di narrarti la sua. Ho voglia di ascoltare una storia.

"Se siamo innamorati? Be'... Di più! No no, non stiamo insieme da tanto e in verità neanche ci conosciamo da tanto – temporalmente, intendo – ma succede così, un giorno ti svegli e tac!, quello stesso giorno vai a letto e sai di aver incontrato la persona giusta." È lei che parla e parla a me ma guarda lui.

"Edward, io lo chiamavo il mio Edward, ma non lo conoscevo o meglio, lo conoscevo con lo sguardo... Seguiva praticamente le mie stesse lezioni all'università e l'accertarmi ogni volta della sua presenza era solo un gioco. 'Guarda quel tipo con quel ciuffo sugli occhi e il colletto della camicia sempre alzato...' dicevo alla mia migliore amica, 'mi sembra Edward mani di forbici!'"

Edward sorride, devo regalargli un: "E tu l'avevi notata?" perché abbia il coraggio di rendere duetto il melodioso canto del loro incontro che la sua compagna dagli occhi di cerbiatto mi sta regalando.

"Notata... È un termine debole di per sé e forte per la situazione... Diciamo che se cadeva sotto il mio sguardo il mio sguardo inciampava inevitabilmente su di lei, sulle sue gonne colorate e strane, la borsa gigante, l'aria fra il rimbambito e il sognante..." Ridono. "Posso continuare io?" chiede lei ansiosa di regalarsi e regalarmi la loro nascita.

"Era il secondo giorno di dicembre, il professore di

Letteratura inglese era in ritardo. Ero seduta sul cornicione di quella che considero la mia personale finestra della facoltà e me ne stavo lì senza un vero perché, quando 'Ce l'hai una sigaretta?' mi giro e c'era il mio Ed e allora..."

"Allora si piega tutta verso di me e mi dice 'Che?' e io lì mi innamoro di lei, perché... Perché non è da tutti disporsi fisicamente in modo tanto accogliente verso uno sconosciuto, insomma poteva allungarmi il pacchetto di sigarette e invece si è allungata lei e fra l'altro..."

"Fra l'altro stavo per cadere e mai avrei creduto che proprio la goffezza con cui lottavo da una vita facesse sì che..."

"Che in quella vita decidessi di entrare io."

"Poi è andato tutto da sé, io gli ho detto che giorni prima avevo scritto una lettera per lui."

"Io non ci volevo credere."

"La sera stessa ci ha dovuto credere perché l'ha letta."

"Dopo essere andati a teatro."

"Mi era sembrato carino invitarlo a uno spettacolo dove sarei andata la sera stessa, avevo un biglietto in più e a quel punto era evidente che quel biglietto fosse proprio per lui."

"E dopo il teatro e dopo la lettera sono andato a casa sua e mi sono ritrovato in una camera di bambola, con un letto a baldacchino e cuscini colorati e rose di carta attaccate alle pareti e allora ho capito."

"Che quel giorno cominciava il mio per sempre."

EUROSTAR VENEZIA-ROMA
Compagno di viaggio: Giorgio il pittore

(Sono salita a Padova, la mia destinazione è Roma, il mio compagno sale a Ferrara, anch'egli alla volta di Roma.)
È strano questo tizio che si è seduto di fronte a me. Non

ha fatto in tempo a salire, che si è ficcato gli auricolari del walkman nelle orecchie e si è agitato per qualche minuto in modo inconsulto, poi di colpo ha ributtato in valigia auricolari e walkman e si è messo a urlare che l'aria condizionata è troppo fredda.

"Non credi?"

"Sì, io credo," gli rispondo, "e credo soprattutto che le signorine che sull'Eurostar ti danno le noccioline dovrebbero porgerle sorridendo e non lanciartele addosso."

"Tu sei pazza e mi piaci." Ha profondi occhi azzurri, il mio nuovo amico, i capelli spruzzati di argento fresco, appena nato e le mani perpetuamente in movimento, come solo gli artisti possono avere.

"Infatti non sbagli, sono un pittore e famoso, per giunta. Non mi hai mai sentito nominare? Meglio così. Nemmeno io ti ho mai sentita nominare, così siamo pari. Quest'aria condizionata è una tortura... Non ci dovremmo badare, hai ragione tu a dirmi con lo sguardo che non dobbiamo arenarci in questi meri disagi materialmente contingenziali, ma ci pensi che bello se adesso da questa stronzata di me che ho troppo freddo nasce una tragedia...

TRAGEDIAAAA... Il controllore è un nevrastenico e il trauma che ha segnato tutta la sua vita è stato quello di una madre pazza che aveva dieci ventilatori nella sua stanza e allora io che urlo che quest'aria condizionata è terribile gli sveglio l'impulso omicida che cova da sempre nei confronti di una madre che presa dalla sua follia non gli ha mai comprato dei soldatini e la signorina delle noccioline tenta di fermarlo, ma lui si scaglia con violenza su di me, mi graffia la faccia... È MATTOOOO... Urla tutto il vagone, la signorina è disperata, gli dà stupidi pugnetti sulla schiena, è troppo debole per fermare quella furia assassina, allora... Allora... Continua tu!"

"Allora usa la sua arma segreta e gliele lancia in faccia."

"Cosa?"

"Le noccioline!"

Per ogni scaffale della mia libreria c'è un'etichetta che indica il genere di libri che esso contiene. In quello sulla cui etichetta è scritto "I MIEI PREFERITI" c'è un fascicoletto con l'antologia dei quadri di Giorgio Cattani. Sulla prima pagina l'autore mi ha scritto una dedica. "L'anima sale sempre verso il cielo."

Però è fico incontrare gente così, sul treno... Sai io sono militare e di ragazze non ne vedo mai e poi prendo il treno e becco te e magari poi nasce qualcosa, no? Ah, tu dici di no.

Mio padre

C'era una volta un bambino e c'era una casa vecchia vecchia e povera povera e un paese addormentato che tante ne cullava di case come quella. Il bambino aveva solo un paio di scarpe, ma tanto camminava poco e aveva una mamma sognatrice, un papà che urlava forte e tre fratellini. Si svegliava sempre all'alba e tutte le mattine preparava i fratellini per portarli all'asilo, poi correva a scuola, tornava a prendere i fratellini, mangiava un pezzo di pane e una scorza di formaggio, faceva i suoi compiti e quelli del vicino di banco e non riusciva neanche a immaginare cosa ci avrebbe fatto con le dieci lire che il vicino di banco per quei compiti gli avrebbe dato il giorno dopo, che era già venuta l'ora di aprire il negozio e ficcarsi dietro alla cassa, mentre suo padre affilava i coltelli dietro al bancone. È precisamente qui che questa storia ha inizio, nella pizzicheria di Sor Antonino e ancor più precisamente nel barattolo in cui il bambino sembrava aver incollato gli occhi. Non c'era niente di speciale e nemmeno di bello in quel barattolo, c'erano solo due salamini che galleggiavano sott'olio, ma speciale era la promessa che si facevano quegli occhi di bambino: mai, mai avrebbero accettato di vedere la loro vita e il loro futuro ridotti in quello stato, non ci sarebbero finiti sott'olio, loro. Se lo ripeteva tutti i giorni e tutte le notti: "Io un giorno me ne andrò via di qua, oltre la montagna e allora la amerò, quella montagna che ora odio perché serve solo a fare tanta ombra, la amerò perché la supererò e ricorderò sempre che sarà dalla sua cima che potrò dire di aver visto il sole per la prima volta". Lo sapeva, il bambino, quale poteva essere la sua unica via di scampo ed era pronto, era pronto a far finta di andare a letto, ogni notte, e poi, quando tutti dormivano, riaccendere il lumicino per assicurarsi che cinque per dodici faceva ancora sessanta, era pronto a riempire pagine e pagine di più e di meno, a cantilenare fino all'esaurimento che *la nebbia agli irti colli piovigginando sale*

sale

sale

sale le scale della vecchia casa il bambino e alla sua famiglia dice: "Sono pronto".

"Sono pronto," disse il bambino che era ora un bambino un po' cresciuto e col suo diploma spiegazzato in mano, spalle troppo piccole e occhi troppo grandi per la città, e fu lì che invece finì.

Roma non è poi così diversa da un paesino se la si guarda dalla finestra della Casa dello Studente che non è uno studente, ma appunto lo Studente, quello che non potrebbe procurarsi nemmeno un libro se le sue suole bucate non fossero rese solide dalla volontà di camminare.

Arrivato a Roma, il bambino aveva solo cominciato la scalata della sua montagna. I pomeriggi di studio diventarono anche notti e albe e una rincorreva l'altra, perché bisognava fare in fretta, però nella camera vicina a quella del bimbo un po' grande c'era un altro bimbo un po' grande e in quella dopo un altro ancora e quando fermavano per un attimo quella folle corsa, prima timidi, poi sempre più arditi si riunivano – due, tre, dieci, venti... – e parlavano e si scopri-

vano e scoprivano che ognuno di loro aveva avuto nell'infanzia un barattolo da fissare e allora il nostro bimbo prendeva coraggio e parlava anche lui, ammutolito i primi tempi dal fare cittadino di un compagno o dalla radio nella stanza di un altro, parlava anche lui e non solo poteva farlo, doveva farlo, perché il dialetto del suo paese forse le storpiava, sì, ma le sue idee erano comunque preziose e belle e degne di venire ascoltate
ascoltate
ascoltate

– *Ascoltate! Compagni di università, come vostro rappresentante prometto di impegnarmi esclusivamente in nome del vostro interesse, sono deciso e sono...*
– *Sono fresco di laurea, sì signore, e proprio perché questa roba l'ho studiata solo sui libri sporcarmene le mani non sarà solo un mio dovere, ma un piacere...*
– *Piacere, mi chiamo Vito Gamberale...*
– *Gamberale. Sì, questo è il mio terzo impegno...*
– *Impegno e costanza. Come nuovo dirigente non vi chiedo che di rispondere a queste due regole precise e chiare...*
– *Chi ha responsabilità nell'azienda non sono solo io, come direttore generale, ma ognuno...*
– *No, non posso dirmi arrivato. Non si arriva mai.*

Abbiamo tutti il diritto e il dovere di essere ogni tanto un po' patetici e se questa specie di favola lo è, lo è perché è la storia di mio padre. Di un uomo che ora è al potere e che tutte le mattine, fatta colazione, non riesce ancora a buttare il tovagliolo di carta che ha usato e lo ripone nel cassetto sporco di caffè.

Io lo amo e lo ammiro come non amo e ammiro nessun altro e voglio diventare esattamente come lui.

Non perché è al potere ma perché riutilizza il suo tovagliolo di carta.

Questa giornata di vittoria e di giustizia io la dedico a mia figlia.

Jo

"È più democratico," rispondo a chi mi chiede perché quando vado in giro con Jo invece di legargli l'estremità del guinzaglio al collare gliela faccio tenere fra i denti.

È più democratico e così sembra che ci stiamo portando, non che io porti lui, a passeggio.

Jo ha cambiato la mia vita fuori e dentro e il mio modo di amare e di voler essere amata.

Il suo vero nome è Jonathan, come il gabbiano, e il suo soprannome rimanda alla mia prima eroina femminile. Un paio d'ali e una penna, ciò che di fondo c'è in me.

Ci siamo innamorati a prima vista e il nostro sembra un colpo di fulmine perpetuo.

Molte volte, quando rientro in casa, mio fratello neanche mi saluta. Jo appena sente il rumore dei miei passi si precipita e fa quei suoi strani versi e mi lecca tutta e non ci capisce più niente dalla gioia e comincia a fare uno strano tip tap con le zampe. Non gli interessa se sono brutta, bella, magra, grassa, se faccio esami o no, a lui importa solo che io sia e che ci sia, è questa la forma di amore più vero e puro a cui possiamo aspirare noi uomini e a me lo sta insegnando lui.

Ho sacrificato venti splendidi anni sull'ara del dovere in nome della dea perfezione prima di distruggere ara e divinità e riprendermi la vita.

Non so se mi laureerò con centodieci e lode, non so se mi va di rinunciare alle patatine fritte per paura dei brufoli, so che Jo io lo adoro anche se il suo pedigree gli dà del bulldog quando di bulldog avrà forse un lontano cugino, anche se quando gli lancio un sasso non me lo riporta mai, anche se quando siamo al parco a volte scappa dal macellaio. Il mio cane non sa fare niente di particolare, non si mette seduto se gli dico: "Seduto!" e non ha ancora capito che non deve staccare i capelli alle mie bambole antiche. Però lo amo e l'amore comincia dove la ragione finisce e finisce quando la ragione comincia, altrimenti perché capita, e mi è capitato, di togliere il mio cuore a genialoidi superlaureati per darlo magari a un ragazzo a cui la società non ha conferito nulla e a cui neanche tu, essendo obiettiva, conferiresti nulla, però... È, quel ragazzo è, e non potrò mai essere obiettiva anche se sono innamorata di lui perché proprio per il fatto che sono innamorata di lui non sono obiettiva.

Jo non è intelligente come Asia, non è ubbidiente come Rocky e di certo non è bello come Luna, ma io impazzisco quando si lancia sui panini dei poveri impiegati che fanno pausa al parco, quando fa caldo e nel bel mezzo di una corsa si sdraia per terra come un pollo, quando di notte si mette a russare peggio di mia nonna e quando comincia a fare ARF ARF fuori dalla mia porta solo per poter entrare e guardarmi studiare. Non si sente mai di troppo e salta addosso a tutti e non pensa che qualcuno possa rifiutare le sue slinguazzate perché lui non rifiuterebbe le carezze di nessuno, alla faccia di tutte le telefonate che si muore dalla voglia di fare ma che non si fanno per paura di risultare inopportuni.

Ciò che fa di Jo il cane più popolare del quartiere è questa sua totale disinibizione nel chiedere, da pezzi di carne a semplici carezze, propria solo di chi è pronto a dare con la stessa spontaneità.

Aveva solo due mesi quando si è riempito di chiazze e di

croste, colpito da una brutta forma di rogna. Il veterinario mi disse: "È da sopprimere, a meno che tu non ti metta a raschiargli le croste una per una...". Mi sono messa a raschiargli le croste una per una ed è il più grande atto d'amore che io, abituata a svenire anche solo per un mio graffio, abbia mai compiuto. Quei giorni ci hanno legato intimamente. Jo sa che è anche un po' grazie a me che ora corre e sbava e mangia e vive ed è proprio la sua vita che ogni giorno mi dedica in memoria di quel mio gesto.

A conferma del fatto che ogni cane ricordi il suo "canaro", Jo e io ci somigliamo per molti aspetti.

Lui però, è la mia bella copia.

ARF ARF

Il mio tesoriere

"Ora non lo sono più!" e Jo intreccia le sue dita fra quelle del professor Bhaer che ha appena affermato di avere solo due mani vuote da offrirle e la musica si alza e i titoli di coda cominciano lievi a scivolare e io mi soffio il naso e mi convinco di esser nata nel secolo sbagliato.

Il prossimo progetto a cui ho intenzione di dedicarmi sarà un'interpretazione in chiave psico-analitica-allegorica delle *Piccole donne*.

Devo farlo. Per passare un po' di tempo con loro, per far tornare determinati conti, per far piangere chi ne ride e ridere chi ne piange, per farle crescere con me dal momento che con me sono nate.

È su quelle pagine che ho imparato a leggere e quindi non ripudierò mai quel libro perché non ripudierò mai la mia infanzia.

I cinque anni di un tempo fanno sì che esistano i ventuno di oggi e quella lettura consente che ora, sul comodino vicino al mio letto, riposi il saggio di García Lorca sullo spirito del Duende.

Non dimenticherò mai l'emozione e quel libro con la copertina violetta e io che lo apro al segno che aveva lasciato mia madre che ogni sera me ne leggeva un capitolo e io che sapevo già scrivere il mio nome e il mio cognome e mia madre che tardava ad arrivare in camera mia per il solito rito e io che mi metto a curiosare fra quegli strani segni e piano piano piano piano

"Z
Zi
Zia March c
    crea d e i p r o b l e m i"

Devo il mio tutto a quel momento.

Ricomponiamoci. Procedendo in parallelo, come il mio esiguo mucchietto di anni era allora soffio di vita e incanto ingenuo mentre ora in analisi con tutta me stessa diventa primordiale miniera delle mie tensioni odierne, quello che un tempo era il lacrimoso tormentone di quattro sorelle povere e belle mi appare oggi come una sorta di viaggio di formazione spirituale della protagonista – *mi fa un po' male, lo ammetto, chiamare la mia Jo "la protagonista", ma tanto lei lo sa che se parlo con distacco della sua storia è perché ho dovuto farlo anche con la mia per capirci qualcosa.*

Allora. Non so ancora bene se la mia interpretazione vedrà rappresentate in ognuna delle quattro sorelle le fasi principali di un processo di crescita culminanti nella figura di Jo e nel suo matrimonio o se nella figura di Jo vedrò l'intero processo formativo, nel suo matrimonio la tappa conclusiva e in tutte le altre situazioni e personalità le tappe intermedie, necessarie da superare in vista della meta.

Non so come mi muoverò e non lo voglio neanche sapere per non guastare il godimento di un progetto che ho riservato al mio futuro, ora da quell'ipotesi di progetto e precisamente dalla meta di quell'ipotesi di progetto voglio solo prendere spunto.

La meta.

Dalla meta che è poi stata la fonte da cui sono scaturite tutte le riflessioni a cui ho accennato.

Jo intreccia le sue dita fra quelle del professor Bhaer, io verso qualche lacrimuccia e penso "Voglio anch'io il mio professore!" ma poi mi dico che Jo prima di trovarlo si è dovuta tagliare i capelli, è dovuta partire per New York, ha visto Laurie metterla su un piedistallo ma poi sposare Amy, ha visto Beth morire, Meg avere dei bambini... Non sono mai stata innamorata e non so nemmeno bene cosa voglia dire.

A volte penso che sarà un bel problema quando mi capiterà, perché se ogni incontro con ogni situazione mi destabilizza, non so proprio cosa accadrà quando incontrerò La Situazione per antonomasia.

Credo che ci voglia un grande coraggio per innamorarsi. Credo che sia bellissimo.

Credo che ci si debba essere attraversati almeno un po' prima di riuscire ad attraversare un altro.

Credo sia necessario allontanarsi dalla Terra dove si è stati bambini e magari piangere un po' o anche tanto, credo si debbano avere i capelli corti, credo ci si debba umiliare e scrivere articoli idioti su una rivistuccia per avere qualche soldo in tasca, credo si debba assistere al funerale della sorella a noi più cara, credo si debba accettare che nostro padre vada in guerra senza di noi e che gli spari in certi giorni siano tanto forti da impedirgli anche solo di pensarci.

Credo che sia bellissimo. Sarà bellissimo.

Quando ci penso, mi ritrovo un'espressione un po' ebete in faccia e in petto una sensazione di estrema dolcezza. Non c'è rabbia né fretta in me. Ho ancora troppi addii da fare e troppe sciocchezze da scrivere perché un professore tedesco mi accompagni per la prima volta all'opera e venga a bussare alla porta di casa mia in una notte di pioggia.

Sono ancora troppo spaventata dai raffreddori per corrergli dietro senza ombrello e così se ora arrivasse sarebbe tristissimo perché se ne andrebbe via senza di me.

No.

Mi troverà pronta al suo arrivo e dovrà essere pronto anche lui perché glielo dovrò raccontare tutto il viaggio che con lui finisce, affinché sia possibile intraprenderne uno nuovo insieme.

Così, dopo aver scritto tanti racconti, quello mi sembrerà di tutti subito il più bello e come il professor Bhaer rileggerà in pelle quello di Jo, il mio professore chiuderà a chiave dentro di sé il mio e sarà eletto mio tesoriere.

Ma io non ho da offrirti che queste mani vuote.

La Slepoj

Ricordo. (*Io ci vado e basta e mi sembra anche ingiusto il suo insinuare dei dubbi in una decisione già tanto sofferta di per sé io non ce la faccio più e se devo essere sincera io lei proprio non la volevo incontrare e in più sono dovuta venire qui fino a Padova che trovo di una provincialità sconcertante ma mio padre ha insistito tanto io di strizzacervelli ne ho abbastanza in quest'ultimo mese ne avrò incontrati una ventina e tutti mi hanno detto che devo andare non possono fare più niente per me e neanche lei può e non può tanto meno ostacolare la mia scelta. Devo ricoverarmi. Ero la prima a credere che le mie crisi fossero manifestazione dei miei tumulti interni ma ormai sono sei anni che indago questi fottuti tumulti e intanto continuo a stare male come una bestia voglio solo stare bene fisicamente a costo di perdere il mio spirito critico come lo chiama lei a costo di diventare uno di quegli esseri che ho sempre aborrito e che sono appagati dagli esami che sostengono all'università e dall'uscire con un tipo carino! Devo ricoverarmi. Non me ne frega niente di scoprire i miei traumi infantili o di sperare ogni notte che arrivi il sogno in cui uccido i miei genitori dentro non ho niente di malato e anche se ci fosse qualcosa che non va ora sto troppo male per potermene occupare come faccio a intraprendere viaggi introspettivi quando non riesco nemmeno ad alzarmi dal letto e la pancia mi brucia e la gola mi sanguina e mi possiede quel maledetto stato di torpore e annichilimento sensoriale psicofarmaceutico? Devo ricoverarmi. Sì so il regolamento della clinica e sono disposta ad allontanarmi dal mio tutto per cinque mesi ma tanto io non ho più niente solo malattia e devo liberarmene anche se il prezzo da pagare saranno solitudine e appassimento della mia genialità voglio solo poter uscire di casa come tutti gli altri e continuare i miei studi e dormire e stare ore al telefono e a lei non deve interessare come sono vestita perché i miei buchi sul maglione sono molto filosofici.)*

Nove giorni dopo...

(– L'ospedale, com'era l'ospedale? Triste.
– E poi... E poi puzzava di morte. Davvero, aveva tutto quel terribile odore, dalle suore, alle malate, ai primari, ai letti, ai bagni, alle forchette, al silenzio.
– Sì, il silenzio, c'era un silenzio che non era quel silenzio dolce, piacevole, fecondo, no, era un silenzio di morte.
– Mi hanno subito chiesto se fossi isterica o bulimica o anoressica o epilettica, ma io non sono niente di tutto questo, sono il mio nome, ho risposto, e sono qui perché ho perso la strada.
– Sì, ho litigato con la primaria perché durante l'ora di educazione sessuale si parlava del desiderio, nessuna delle ragazze pare che avesse mai desiderato niente, io sì che desidero e l'ho detto, perché non mi spaventano i desideri che non si realizzano, i più assassini sono quelli che si realizzano e i miei si sono sempre realizzati, presto, troppo presto, ed è terribile, perché sogni una cosa e quella accade, così, senza neanche averti dato modo di lottare per ottenerla, hanno un gusto terribile i desideri realizzati, è una sorta di bovarismo che ti porta a...
– Bovarismo, sì, ho detto bovarismo e proprio per questo la primaria si è infuriata e: "Non tentare di fare la diversa usando termini complicati!" ha detto. "Qui si parla semplicemente di anoressia."

– Io ho risposto: "Me la presenti l'anoressia" e "io parlo in questo modo da sempre e solo all'asilo gli altri bambini me lo facevano notare perché non capivano i paroloni difficili che usavo".

– Già, piuttosto pesante.

– I momenti più atroci? Quelli dei pasti. C'erano delle dietiste, tre ragazzone bionde tinte che facevano da guardia a tre tavoli lunghi e tristi, Dio... Non dimenticherò mai quel posto e i suoi ordini ottusi, le facce malate e rassegnate, l'odio, la paura, il pane nascosto nelle maniche... Ragazze dalle famiglie distrutte, casi di certo più gravi del mio ma meno difficili... Il mio problema è con le emozioni, insomma, mi sono scoperta d'un tratto fragile come se fossi in carne viva e le emozioni, appunto, le emozioni mi avrebbero distrutto e allora ecco la malattia, dal tessuto impermeabile come quello di un preservativo e pesante come una corazza... Una corazza sulla carne viva fa infezione e per questo mi sono ridotta così. Non potevo rimanere in clinica, lì mi avrebbero al massimo lucidato la corazza ma io ho bisogno della mia pelle.

– In cura da lei? Ma questa non è la mia città.

– Un appartamento da sola. Fa paura...

– Vivere... Sì, lo voglio.

– Va bene, a martedì.

– Senta... È che... Io non avrei mai pensato che ci saremmo riviste e quella storia dello spirito critico, be'... Aveva ragione, è per questo che sono tornata.

– Un'ultima cosa. Ho letto su un libro che gli unici capaci di provare la gioia allo stato puro sono i primitivi e i rivoluzionari al domani della rivoluzione. Mi sa tanto che ho fatto una rivoluzione.)

Credo che ognuno sia intimamente legato al nome che porta. Mi chiamo Chiara Gamberale e allungando il suono della A alla fine del mio nome e modificando leggermente il mio cognome viene fuori Chiara ha gambe e ali e proprio lì sta il mio dramma. La Slepoj si chiama Vera ed è per questo che la stimo e la amo, perché è la mia verità dopo tante bugie, il mio certo dopo tanti forse. I suoi colleghi avevano offeso e tradito i miei anni di dolore e a ognuno di quei camici, bianchi fino a un certo punto, interessava più il nome di mio padre che quello della mia malattia.

Ero nauseata dalle sedute in cui io parlavo e parlavo e l'analista del momento scriveva, annuiva e non si pronunciava. Basta! Dietro a un ritardo non sempre c'è un lapsus freudiano se si deve attraversare mezza Roma in macchina all'ora di punta! Detesto i dogmi e non li posso concepire soprattutto in un campo complesso e variegato come è quello della mente umana.

Ricordo che mi si contorcevano le viscere quando, ai tempi del liceo, il professore chiedeva di parlargli delle *Odi barbare* e si sentiva rispondere: "Giosuè Carducci nacque il..., a...". Ma siamo matti? Non mi ricordo la data di nascita di Carducci e ricordo quella di Manzoni solo perché è la stessa di mia zia, ma li ho studiati e mi interessano e *studium* vuol dire passione e interesse vuol dire essere dentro e io li ho toccati, mi sono logorata occhi e mente su di loro, con loro, ed è quel contatto che si deve raccontare a un eventuale interlocutore, quell'intimo gioco che si è riusciti a creare, mio per me, tuo per te, con una pagina e una sensibilità lontane nello spazio e nel tempo ma rese a noi accessibili grazie a quel mistero magico e profondo che si chiama letteratura. Tra gli scritti e gli orali di maturità sono andata una settimana in campagna con i miei amici, ho sostenuto un esame assurdo e il professore d'italiano continuava a chiedermi cosa avessi voluto dire definendo la nostra epoca come quella del porta pure tua sorella. Dove voglio arrivare? Che si può giocare con una cosa solo se la conosciamo bene e mi fa pena quello del primo banco che considerava i miei svolgimenti e la mia esistenza sempre fuori tema e mi fanno rabbia quegli analisti che infilano persino una cartolina che gli spedisci durante le vacanze dentro all'archivio che ti contiene e al quale non avrai mai accesso.

Credo che Kant amasse la metafisica come si ama una donna distratta, così ho esordito un giorno in una interrogazione di filosofia, e un'affermazione di tal genere prevedeva che io sapessi bene chi era Kant, cos'è la metafisica e come sono le donne distratte. La Slepoj ha deciso che io andassi a vivere da sola e per l'estate mi ha spedita in una fattoria a lavorare e poi in crociera ai Caraibi con i miei genitori e tutto ciò prevede una profonda consapevolezza di cosa voglia dire legame e libertà e corpo e spirito. "Ti sto curando con la fantasia," dice e io con la fantasia sto guarendo perché non poteva che essere così, perché non potevo ridurmi a un passivo oggetto terapeutico e dovevo e devo sporcarmi le mani di vita e cucinarmi i miei pasti, toccare il pane con le MIE mani, fare e disfare le valigie, devo poter chiedere e devo sentirmi ordinare di mettere la minigonna.

D'altronde nella mia esistenza di ragazza agli occhi di tutti fortunata e invidiabile, la malattia è stata decisamente un errore della Vita, andata anch'essa fuori tema e un dolore così assurdo e astratto non si può decifrare con davanti un manuale.

Analisti e neurologi mi hanno ripetuto per anni che un chilo in più o uno in meno non faceva alcuna differenza e che io rimanevo sempre io. La Slepoj un giorno mi si è presentata con una bilancia e mi ha detto: "Salici su," ha detto, "salici su" a me, distrutta dalla fobia di leggere il mio peso e disperata anche solo di possederne uno ha detto: "Salici su," e io ho scosso la testa. "Mai e poi mai," ho risposto e lei ha sospirato come si sospira davanti a qualcosa di assolutamente idiota e ha detto: "Senti," ha detto, "senti, non farmi perdere tempo, dimmi chi vuoi essere, perché se i tuoi modelli sono quelle ragazzone che girano per il centro con le scarpe da ginnastica fosforescenti alte due metri e con il ventre piatto o se aspiri a diventare una Claudia Schiffer, questo non è il posto giusto per te. Non c'è male più arrogante del disturbo alimentare e della sua folle pretesa di una perfezione non difficile, ma impossibile da conquistare per l'essere umano la cui infinita bellezza risiede proprio nell'imperfezione che strutturalmente lo accompagna. Posso darti mille indirizzi per una splendida plastica al naso o alle gambe, ma poi non farmi credere che 'SOFFIO' lo hai scritto tu o che ti ritieni un'intellettuale. Non mi venire a dire che un Gianduiotto può essere preso come simbolo di un qualche Infinito: secondo te Virginia Woolf o Marguerite Duras si preoccupavano di aver mangiato un cioccolatino in più?". Io peso cinquantadue chili.

Spesso le sinergie consapevoli o inconsapevoli generano eventi e allora è necessario rendere visibili tutti coloro che ne hanno fatto parte.

Tutto ciò che mi circonda

Più vedo facce, più tocco anime e più scopro e mi convinco che fra la bocca, i capelli, il corpo di una persona e il suo essere ci siano relazioni profonde. Non è fisiognomica, è qualcosa di più o qualcosa di meno. Credo che ognuno abbia l'aspetto fisico che si merita e non sto parlando solo di bellezza nel senso più comunemente inteso o di curve e muscoli al posto giusto, anche quelli sono certa non capitino a caso, ma io sto parlando soprattutto di colori, sfumature, rughe che solcano la fronte, labbra in posizione di riposo fra un discorso e un altro. Non so bene se sia il nostro dentro a condizionare il nostro fuori o viceversa, ma molto probabilmente si tratta di un'influenza reciproca e continua.

Nietzsche forse non sarebbe stato lo stesso senza i suoi baffi e i suoi baffi di certo non sarebbero stati così superbi e tesi come baionette se non fossero stati di Nietzsche. Il genio leopardiano difficilmente avrebbe avuto modo di essere nel corpo di uno Stallone, un Rambo rachitico è difficile da immaginare, gli occhi di Liz Taylor sembrano dipinti proprio per lo schermo, l'aspirazione a diventare modello avrebbe fatto di Woody Allen un frustrato e una cavallona bionda ossigenata con lo smalto fucsia darebbe fastidio se si mettesse a parlare della crisi economica del Ventinove.

Le mie mani sono piccole e grassottelle e tutti mi dicono

che sembrano quelle di un neonato. Sono sempre rimaste così, nonostante gli anni che passano e l'eccessiva magrezza di un tempo, sempre così, bianche, con le falangi morbide morbide e le unghie corte.

Dalle mie mani, voglio partire, e da tutte quelle lunghe, da quelle "da grandi", da quelle capaci, da quelle languide e fuggevoli nella stretta con quelle di un altro, da quelle con le linee del palmo così marcate da sembrare crepe, da quelle crepe tanto profonde di cui una ferita sembrerebbe la più logica conclusione, da quelle crepe che sembrano rompersi da un momento all'altro e sanguinare.

E che invece non sanguinano e nemmeno si rompono.

Oggi, ieri e domani mi chiederò sempre perché.

Perché.

Perché certe crepe non diventeranno mai ferite e perché sui miei palmi ce ne sono tante.

Perché.

Perché certi anelli non lasciano segni e chi non ne ha mai portati ne può avere di incancellabili.

Perché.

Perché proprio le mani che afferrano tutto, quelle sempre pronte e troppo energiche nello stringere le mani degli altri, quelle sempre sporche di vernice o d'inchiostro, che affondano nel pelo di un cane di strada, perché non hanno paura di infettarsi con niente e giocano con tutto anche se c'è scritto "NON TOCCARE", perché proprio queste mani sono poi quelle che si spaccano.

Avevo sedici anni quando ho imparato a ficcarmi due dita in gola e a vomitare e prima d'allora le mie mani non erano mai servite per qualcosa di brutto.

Erano mani curiose, veloci, "Ma quanto le muovi!" dicevano tutti, ed erano la mia certezza e la mia forza. Sapevo che qualunque cosa il mio cervello agitato avesse vagheggiato come idea, loro sarebbero state pronte e disponibili a provare a realizzarla. È grazie a loro che le esistenze come la mia cominciano davvero a vivere, quando dopo tante favole e racconti e romanzi e saggi decidono che leggere non gli basta più. Solo loro conoscono lo sforzo della prima avventura d'inchiostro, nel mio caso strappalacrime vicenda di due piccoli montanari innamorati, e i brividi che ti corrono su tutta la pelle quando scopri l'ebbrezza di sfogliare pagine TUE, che hai scritto TU e capisci che è di quei brividi che vuoi vivere.

Sedici anni, mille brividi per anno e tante altre mani con cui giocare e intendersi e cominciare anche a carezzarsi un po'.

Quando guardo a me prima della malattia mi commuovo nel pensare all'incanto, allo stupore, alla spontaneità con cui mi muovevo.

Da sempre si agitavano uragani dentro di me e da sempre sentivo che doveva esserci un motivo se la mia compagnetta di banco rimaneva anche tre ore di fila con la schiena dritta sullo schienale e io non riuscivo a stare nella stessa posizione nemmeno per qualche minuto e andava sempre a finire che mi mettevo a dondolare con la sedia e cadevo per terra, ma non ero spaventata, non avrei mai creduto che il cristallo colorato della mia diversità un giorno si sarebbe potuto rompere.

Invece si ruppe, perché proprio nell'essere cristallo magari risiedeva la sua bellezza, ma di sicuro la sua fragilità. Un pezzo di plastilina si modella facilmente a qualunque contenitore, ma un cristallo tenuto in pugno può far sanguinare la mano che lo stringe e se cade si infrange.

Il mio corpo a un certo punto ha cominciato a stringermi troppo, così io l'ho fatto sanguinare.

E mi sono infranta.

È un attimo ritrovarsi dal palcoscenico della Vita a dietro le sue quinte.

Non ho parole per descrivere il mio dolore, un tempo credevo di averle, ma quando dico: "Oggi mi sono sentita male di nuovo" e mi si chiede ancora: "Perché? Che ti è successo?" o quando all'ospedale su cui troneggiava la targa DISTURBI ALIMENTARI gente è venuta a farmi visita portandomi in regalo dei torroncini, ho capito che non si possono trovare.

È difficile concepire che un oggetto a noi familiare e consueto fino al giorno prima possa diventare di colpo alienante e mostruoso, e io stessa all'entrata del mio tunnel con spensieratezza toglievo dai miei pasti prima il pane, poi i condimenti, poi la carne e il pesce, finché mi ritrovai con uno spicchio di mela per pranzo, quando sapevo che avrei saltato la cena.

Ci si entra in un attimo e a volte non se ne esce mai e non capiscono i giornali che parlano solo dal di fuori, non capiscono le amiche che con leggerezza ti raccontano: "Sai, quest'estate sono stata anch'io anoressica: sono dimagrita dieci chili!", non capiscono nemmeno i tuoi genitori che ti vedono ridotta a un mucchietto di ossa e piangono e poi a un certo punto si cominciano a trovare le credenze e il frigo svaligiati e ti vedono riacquistare peso e allora non piangono più e pensano: "È finita!"

e invece

invece è iniziata, è iniziata la vera bestia e ti divora e tu divori, divori scatole di cioccolatini e torte intere e pesce crudo e ti ficchi persino dentro i bidoni della spazzatura finché la pancia è tanto gonfia da scoppiare e tu la guardi allo specchio, la tocchi e dici – e quella non ti sembra la tua voce – dici: "Che schifo" ed eccole le due dita in gola e il vomito che trascina con sé pezzi di anima e lo scroscio del water, campana di una messa che finisce. Poi esci dal bagno, magari vai a lezione o solo a farti un giro e chiedi al primo coglione che incontri: "Come va?" e quello ti risponde: "Una merda" e ti racconta tutti i suoi problemi di coppia e non penserebbe mai che il bel faccino che fa finta di ascoltarlo pochi minuti prima era stravolto e ficcato dentro alla tazza di un cesso.

Una vita sottile scivola nei jeans e ti permette di non sentire addosso la loro tela ruvida. Una vita sottile scivola nel mondo e ti permette di non sentire addosso la sua imperfezione.

Ma se il loro tessuto non fosse di tela ruvida, i jeans non sarebbero jeans e nemmeno il mondo è mondo senza il suo tessuto di imperfezione.

E così piano piano ti allontani.

Non sei più in quello che comunemente si intende per esistere. Da quell'esistere sei separata da una specie di sottilissimo velo di seta, un diaframma perverso che ti fa apparire sfumato tutto ciò che è e nitido ciò che vorresti fosse e allora come è possibile non smarrirsi? Il vero ti fa paura, non capisci se è per questo che ti sei ammalata o se ti sei ammalata e dunque hai paura, comunque in un baratto inconscio decidi di scartarlo, quel vero maledetto, ed è pericoloso perché se la tua anima così vive il doppio delle altre, il corpo e la vita stessa, non quella potenziale, sono come annichiliti. Fra le tue mani e ogni cosa che tocchi c'è quel fottutissimo velo e al di qua del velo vedi tutto e non partecipi a niente, mentre al di là del velo nessuno può vedere la tua pancia gonfia, le lancette che non si muovono mai, quelle che corrono troppo, il fra un anno che si trasforma in domani e non è ancora cambiato niente.

Si dice in giro che sei stata anoressica, che tempo fa sei dimagrita paurosamente, ma "Adesso è tutto a posto" si dice, perché l'essenziale è invisibile agli occhi e di Piccoli Principi non ce ne sono molti.

Per chi ti guarda così continui a essere l'anima della compagnia, sei quella bella, quella che sa ascoltare e tu stessa ti ritrovi a dire che va tutto bene e magari racconti con rabbia artefatta la tua ultima storia finita, quando non te ne frega niente e ti accorgi che la tua enfasi è ormai inversamente proporzionale a ciò che più ti sta a cuore e allora l'ombra ti ha risucchiata del tutto.

È a quel punto che guardi le tue mani.

Non le mostri più a nessuno ormai e solo tu puoi contemplare quei segni profondi e il sangue caldo che non potrai mai mostrare a chi sta al di là e sembra smanioso – chissà perché... – di spacciare per ferite taglietti sottopelle o punture d'insetto.

È il tuo sangue nelle tue mani che ti salva.

Il velo le ha rese frigide ma non impotenti e questo è terribile perché per gli altri anche loro sono sempre le stesse e continuano ad apparire veloci e capaci di meraviglie. Tu però i grumi di sangue li vedi, e sono loro a bagnare il velo, sono loro che ti richiamano alla Vita e ti spingono a lottare per riconquistarla.

È una lotta terribile, ci sono giorni in cui credi che finirai prima tu del tuo dolore, quando ti svegli la mattina sai che da un momento all'altro potresti ritrovarti a divorare un chilo di gelato e poi chiusa a chiave in bagno, settimane intere scivolano su di te stesa a letto con i crampi alla pancia, ma lo capisci, prima o poi lo capisci che forse proprio perché le tue mani erano forti è toccato loro un nemico tanto difficile da combattere e quando le ferite dello scontro diventeranno cicatrici diventeranno ancora più forti. Forse proprio per quelle cicatrici ci si ammala, perché ci sono anime fatte per viaggiarsi dentro ma naturalmente hanno paura, e solo il dolore può vincere la paura e spingere a muoversi.

Un seme deve marcire nel terreno per diventare fiore e ti rendi conto che tanta ombra è preludio di un nuovo sole, il vero sole, che non vorrà dire smettere per sempre di soffrire, ma farlo in un modo più adatto a te. È il desiderio dei raggi di quel sole che ti fa andare avanti.

Oggi li comincio a vedere quei raggi, sono la mia vittoria

e mi attacco a essi con l'ardore che solo chi ha visto l'ombra può conoscere.

Oggi ho ancora tanta strada da fare ma ne ho fatta più di quella che mi rimane.

Oggi guardare la mia gente mi emoziona di nuovo e attendo con speranza il giorno in cui non sarò solo spettatrice di una festa, ma danzerò lì in mezzo. Imperfetta e felice come tutti gli altri.

Oggi la mia vita sottile è convinta di volersi dilatare per sentire addosso quanto più mondo è possibile, e, anche se fa male, basta che sia vero.

Oggi ho le mani dei prigionieri de *La tregua* di Primo Levi, alla fine della guerra, quando si aprono i cancelli dei campi di concentramento. Tutti pensano che il loro incubo sia finito e in effetti è finito, ma nessuno ha visto gli orrori che i loro occhi hanno visto e nessuno conosce lo strazio di toccare oggetti e volti cari con le stesse mani con cui si è quasi toccata la morte. Anche quegli oggetti e quei volti nel frattempo sono cambiati e i sensi degli ex deportati devono affrontare la nuova prova di un legame fra entità un tempo vicine, ora distanti, un legame da inventare da capo, la cui unica garanzia è l'amore.

Con quelle mani, oggi, tocco tutto ciò che mi circonda.

Bentornata...

Forse abbiamo tutti Una vita sottile.
I lettori scrivono...

Mi piace definire *Una vita sottile* il mio primo libro, perché in effetti è stato il primo libro scelto da me. Da me per me.

E questo è strano, inaspettato, per me che ho difficoltà a volte anche a scegliere i gusti del gelato da mettere sul cono (e poi, pur di non scegliere, mi ritrovo a prendere sempre cioccolato e panna).

Presi in mano *Una vita sottile* quasi per caso, una domenica mattina mentre ero in libreria con mio padre. In quel periodo andavo sempre la domenica mattina in libreria con mio padre e più o meno distrattamente sfogliavo dei libri in cerca di quello che mi avrebbe tenuto compagnia nel pomeriggio.

Era un periodo buio, fatto di incertezze e salite interiori, di cose percepite come pesanti e di incapacità a renderle leggere. Perennemente in attesa, in bilico, un funambolo della mia vita.

Però però però.

Mi ritrovavo in ogni pagina, in ogni frammento di storia, era come se avessi davanti a me tutto il mio sentire. Iniziai a leggere voracemente ogni pagina, combattuta tra la fretta di andare avanti e la paura di finire troppo presto. Sottolineavo, proprio come si fa a scuola, tutti i passaggi che mi colpivano, in modo da poterli ritrovare facilmente in caso avessi avuto bisogno di una parola di conforto o, semplicemente, di sentirmi meno sola.

E poi c'è Sara.

Non posso non parlarti di Sara.

La mia amica, il mio cuore, la parte di me sempre saggia e razionale. Compagna di liceo e di strada. Quell'amica con il fidanzato perfetto che la ama da morire da quando avevano 14 anni (oggi ne abbiamo 38), che la veniva a prendere a scuola, che le regalava anelli quando noi (comuni mortali!) eravamo faticosamente impegnate a stare accanto al telefono in attesa dello squillo del ragazzo di turno. Quell'amica dalle telefonate interminabili fatte di risate, di chiacchiere su *Dawson's Creek*, di strategie amorose (unicamente le mie!), di shopping in centro, di lacrime e di consigli su come affrontare la vita.

Insomma, dai 14 anni fino ai 37, il mio pilastro.

Ecco, parlai a Sara del tuo libro e anche lei volle assolutamente leggerlo. Ricordo che mi ringraziò. Ma io già sapevo che le sarebbe piaciuto e infatti anche lei aggiunse le sue sottolineature. Ricordo che ci scrivevamo stralci del tuo libro nei biglietti di auguri e che passavamo lunghi momenti a commentare quello che ci aveva reciprocamente colpito.

Per me *Una vita sottile* è legato a Sara. Oggi che il cancro se l'è portata via a ottobre, a 37 anni, oggi che quelle sottolineature mi fanno compagnia, perché, toccandole, mi sembra di averla qui. Riconosco il suo tratto, così deciso e fermo.

È legato a una parte di vita, quella parte che aveva e ha ancora paura di scegliere. Ho assaporato e vissuto con Chiara ogni sua piccola conquista, ogni suo sentire. Tifando per Chiara era come se tifassi anche un po' per me. A tratti invidiando il suo coraggio.

E poi c'è lo stupore e la meraviglia. Il calore e la potenza. Dove finisce l'Io e inizia il Noi. Quel filo impercettibile che ci lega a uno sconosciuto, che ci trascina prepotentemente in un mondo inspiegabilmente familiare.

Quindi ti ringrazio, perché hai dato forma e parola a un qualcosa che dentro di me non aveva né forma né parole. Mi hai dato la voce.

Per il coraggio di scegliere temo che ci vorrà ancora un po'. Ma questa è un'altra storia.

Un abbraccio forte,
come se ti conoscessi,
come se fossi sempre stata accanto a te.

Beatrice Caiulo

Forse proprio perché la mia storia e la tua storia sono in qualche modo simili, forse perché in ogni tua parola ne trovo una che io avrei voluto dire e non ho trovato il modo o forse perché tu sei straordinaria così – ma per questo non ho mai mancato a un appuntamento con un tuo libro – vorrei trovare per una volta io le parole... "Una vita sottile", quella che ho sognato e raggiunto anche se a furia di diventare sottile ho rischiato di non averla più, una vita. Si pensa sempre che succeda agli altri, mai a te e quel dolore è talmente forte e straziante che credi di non avere scelta. Non mangiare era l'unica strada che avevo per esprimere ciò che sentivo, la rabbia, la delusione, il voler essere accettata a tutti costi. Sono ormai quindici anni che combatto contro quel mostro che è l'anoressia e ho avuto bisogno di toccare davvero il fondo per capire che potevo trovare un'altra strada, la mia. Ho trovato la forza negli occhi dei miei genitori e mi sono rialzata. Porto con me ogni cosa, non sono guarita del tutto e penso che certe cose saranno sempre con me ma senza rancore: se sono la persona che sono, con la mia sensibilità e la mia dolcezza, è anche e soprattutto grazie a quel dolore. Ora non mi importa poi molto che la vita sia sottile, basta che sia piena di cose belle.

Martina Agnelli

Una vita sottile è uno dei romanzi di Chiara che sempre e per sempre amerò di più. Spiegarne il motivo è più difficile che scoprirlo (leggendolo, intendo), perché le parole da lei scelte, o che l'hanno scelta, hanno la forma e la purezza di qualcosa di autentico che mi pare non abbia bisogno di alcun veicolo per spalancarsi. È tutto lì, carne viva e sangue, il frullare emotivo dell'autrice e dell'umanità che mette in scena come un *personale piccolo Teatro dell'Assurdo*. Ci sono le amicizie iniziatiche, i viaggi formativi, la famiglia, gli amori quando l'amore ci lusinga; un dolore che passa attraverso il corpo e sguscia come furia dalle mani, si trasforma in parole di luci e ombre che sono il tessuto di questo diario immortale.

Vorrei che tutti lo leggessero, vorrei gridare, urlare quanto prezioso è, quanto importante e bello sarebbe se le scuole lo adottassero come libro di testo. Perché qua dentro non c'è solo Chiara, ci siamo tutti.

Francesca Scialanga

Gli occhi sono due e si fermano in superficie. I sensi sono troppi e troppo rivelatori.

"A Emanuela, violinista sensibile."

Questo era scritto a penna blu, sull'adesivo posto sul tappo della pece che il mio maestro aveva deciso di regalarmi. Noi violinisti ne abbiamo bisogno per aderire con l'arco alle corde. Tra le due estremità di plastica che la contenevano spuntava un fiore viola finto. Avevo dodici anni e nessuno mi aveva mai definita così, o forse sì, ma quella fu l'unica volta in cui mi domandai perché. Accadde alla mia terza lezione di violino, a quella precedente il maestro a un certo punto mi disse stupito: "Non sei strana come sembravi", io scoppiai in lacrime e forse per questo per molti anni ho creduto che per "sensibile" si intendesse chi piange anche davanti agli sconosciuti. Solo crescendo ho capito che peso sia essere così strettamente a contatto con tutto ciò che accade intorno. Il cuore aperto, l'empatia accentuata, il bisogno di soffrire.

Sono cresciuta così, in un labirinto assurdo che non mi ha mai permesso di capire se fossi malata o incompresa. Quanto è dura essere sensibili e non avere nessuno che si cimenti nei tuoi abissi. Con il tempo ho capito che le persone non danno un peso alle parole, e non lo sanno, ma ciò che può solo sfiorare loro, sulla mia pelle brucia fino in profondità. Vorrei imparare a reagire diversamente, ma la sensibilità ti obbliga alla trasparenza, provi troppo per tenere dentro nel modo giusto.

Per questo odio la mia sensibilità, perché viene sempre fraintesa, perché mi mette a disagio, perché è fuori luogo. La odio e la amo.

Nei periodi in cui riesco ad alienarmi dai giudizi, prendo a vivere. Capisco che sentire troppo significa anche guardare sempre al cielo, sorridere a chi ispira simpatia a prima vista, emozionarsi ed emozionare mentre stai suonando, sentire il bisogno di cose che non sono cose, ma per gli altri lo sono, instaurare un legame profondo con quelli come te.

Stanotte ho osservato la luna e ho pensato che è importante guardare fuori dalla finestra: questo non è il mio posto e non lo sarà, è solo questione di tempo e la mia vita sottile esploderà in qualche angolo più comodo di mondo. Questo mi dico.

Chiara spiegò perché aveva "fatto pace" con *Una vita sottile* in questo modo: "Vivendo lasciamo dietro di noi delle tracce, grandi o piccolissime che siano: non possiamo essere così arroganti da pensare di essere i soli a decidere del loro valore".

È in queste parole che ho sentito il bisogno di trovare un senso al mio modo di essere, di amarmi per come sono, di non rinnegare i tratti del mio carattere che mi hanno fatta sentire inadeguata, ma di portarli avanti, di evolvermi con loro. Probabilmente lascerò qualcosa per strada, qualcos'altro resterà con me, ma non potrò dimenticare il mio punto di partenza.

È per questo che mi piacciono i libri di Chiara, nelle sue pagine scopri che c'è qualcuno come te che però si distingue da te, poiché non ha paura di essere tale.

Mi racconta cose vere e sembra reale: a questo mondo una persona sensibile può trovare in fondo a se stessa la felicità.

Emanuela Esposito

127

Mettiamo il caso
che la parola mi sfugga
e che io non riesca a trovarla da nessuna parte;
che la gola mi faccia tanto male
e che il pianto mi si sia incastrato proprio lì, dolente.
Mettiamo anche il caso
che io non riesca più a vedermi,
che non riesca più a sentirmi
e che non riesca più a sopportarmi;
che, talvolta, io cerchi pure di sparire,
occupando meno spazio,
respirando meno ossigeno
e nascondendomi all'ombra di me stessa.
Mettiamo pure il caso
che la paura di disturbare
vinca sul mio esistere e sul mio essere,
che il terrore di un altro dolore
ostacoli la mia capacità di sperare; così
come mettiamo ancora il caso
che io non ricordi l'ultima volta in cui ho sorriso,
quella in cui ho pensato potesse andar bene
o quella in cui ho creduto di essere abbastanza.
Mettiamo tutti questi casi

e mettiamo che,
nonostante la mia fede nell'assenza,
io abbia un po' bisogno di presenza;
tu, per caso,
potresti restare nei paraggi
e non andare via?
Non ho nulla da dare,
nulla da offrire o da barattare,
ma mi hanno detto
che da qualche parte è possibile sedere,
parlare,
ridere,
e piangere.
E che, talvolta,
anche il silenzio qualcuno lo sa ascoltare.
Da qualche parte, circa là nei paraggi.

Federica Magri

In *Una vita sottile* ho trovato una parte di me: l'importanza di avere accanto persone che ti tengono per mano nel percorrere la strada dell'esistenza. Perché per me l'amicizia è qualcosa di sacro, e tutti i ritratti che fai delle persone in *Una vita sottile* mi hanno fatto pensare a quelle che sono passate nella mia vita, a chi c'è ancora, e a chi se ne è andato, a quanto anch'io ho dato e ricevuto.

Il nostro vivere credo che sia come un mosaico, e le tessere che lo compongono sono le esperienze che ci portano a realizzarlo.

Sì, se dovessi pensare a una immagine per questo tuo libro lo vedrei come un bellissimo mosaico policromo ravennate, sfavillante di luce e dai colori accesi, quelli creati da ogni sorriso, da ogni abbraccio, da ogni lacrima condivisa con quanti hai conosciuto, e ancora conoscerai nel tuo futuro.

Tiziano Ficola

Ho amato *Una vita sottile* perché le persone che ci sono dentro mi hanno parlato; come nella vita: incontrando loro, e incontrando Chiara, ho incontrato un po' anche me. È un libro che mi ha parlato con dolcezza e gentilezza, che poi sono anche forza, e mi ha sciolto dei nodi. A me, che ho lottato tanto con il mio avere gambe oltre che ali. E quando qualcosa, o qualcuno, ti scioglie qualche nodo dentro, poi non puoi che amarlo.

Alice Suozzi

Ti ho conosciuta per la prima volta quando, una mattina di circa nove anni fa, il liceo che frequentavo ci ha portati nell'aula magna della facoltà di Psicologia a Cesena, per assistere alla presentazione del tuo libro *Una vita sottile*. Il ricordo che mi lega a questo libro è proprio di quella mattina, dei tuoi racconti e di come, uscendo dall'incontro, ho scritto su Facebook uno stato che diceva: "BORDERLINE" (che anni dopo ho capito meglio cosa significasse). E da lì ho comprato quel libro, che è sempre con me. Mi sento legata a te, da quel momento, prima di tutto per il posto in cui ci trovavamo: l'aula magna della facoltà di Psicologia, e il mio più grande sogno è quello di diventare psicologa, una brava però, come la dottoressa T di "Per dieci minuti". Da quel giorno, sono tornata molte volte in quell'aula per fare gli esami, e tra un mese esatto ci tornerò di nuovo per essere proclamata dottoressa in Scienze e tecniche psicologiche. La strada è ancora molto lunga, ma questo mi rende felice, perché il primo anno che ho provato a entrarci non avevo superato il test d'ingresso. E oggi sono felice di averci riprovato, un anno dopo, e di essere qui ad aspettare il giorno che sarà tra un mese.

Laura Iacovazzo

A me *Una vita sottile* ha insegnato la bellezza della vita e degli incontri. A far caso a chi ci passa accanto e a non sprecare nessuna occasione perché in tutto ciò che ci circonda o ci succede è nascosto un seme che può germogliare e portare i frutti di un'amicizia, una scoperta o semplicemente di un aneddoto da raccontare a noi stessi o a chi ha perso fiducia nella vita.

È un libro coraggioso che a me ha insegnato il coraggio appunto, lo stesso che hai avuto tu in quegli anni e che continui ad avere.

Vorrei aver scritto io un libro così, dove ogni capitolo è la celebrazione di chi o cosa ti è capitato, su chi o cosa riflettere, che cosa immortalare o lasciar andare; e magari un giorno lo farò. Intanto, continuo a farmi insegnare da te a essere intensi, a tendere a ciò che è bello e a ciò che è vero e ad aspirare alla comprensione.

Grazie, Chiara, della tua scrittura.

Valentina Salvati

Mi sono trovata intrappolata in una scatolina, sempre più piccola e sigillata dalla quale non c'era verso di uscire, o forse in quel momento ero proprio io che volevo restare lì dentro. Non mi rendevo conto di niente, "vivevo" per pura inerzia. Ero in quinta liceo. Mi sono fatta tanto male e ho fatto anche male agli altri. Più diventavo spenta, minuscola, fredda e vuota più mi sentivo accesa, enorme, energetica e piena. E accettata, presente, considerata. Allora sempre peggio, sempre più convinta, più determinata all'autodistruzione fino a toccare il fondo. Ricovero in ospedale. Ricovero in clinica psichiatrica. Un incubo, un'esperienza da dimenticare.

L'obiettivo era uscire da quel posto e così ho fatto. Ma poi ci sono tornata, mi hanno imbottito di farmaci e ciao Giulia!! A questo punto ero diventata davvero un pupazzo, non mi riconoscevo, mi toccavo i piedi e non li sentivo. Le emozioni? Non sapevo cosa fossero. Non sapevo più se una cosa mi faceva piacere o meno. Facevo ciò che andava fatto, punto. Ho smesso di farmi seguire, abbandonando psicologi, psichiatri e dietiste. All'inizio avevo perso di nuovo tutto quello che ero riuscita a riprendere con il ricovero. Un giorno ho buttato tutte le medicine. Sono stati giorni duri, non dormivo, avevo l'umore a zero. Piano piano però ho iniziato a sentire qualcosa. Sono uscita un pomeriggio e ho sentito il vento freddo che mi picchiava contro. Lo sentivo, Chiara, cavolo! E ho riso, dopo una vita ho iniziato a ridere. Mi toccavo i piedi e li sentivo. Un venerdì ero stanca, non avevo voglia di uscire e cosa ho fatto? Non sono uscita, anche se era venerdì, anche se gli altri insistevano. Ho seguito ciò che mi andava di fare. Di lì la vita. Ho ripreso un po', ho lavorato due anni. Ho iniziato a uscire, a cenare fuori, raramente, ma ho iniziato a farlo. Mi sono comprata dei vestiti, ho deciso di mollare tutto e cominciare a studiare. Sì, da settembre mi sono iscritta all'università a Firenze. Mi piace e mi impegna.

Sto molto meglio davvero, ma non sto bene. Mi rendo conto che devo imparare un'altra volta a vivere, come quando si nasce. Però non ho nessuno che mi insegna, ecco. Oppure non nel modo giusto, non so. Poi è difficile far capire agli altri questa problematica, associano tutto quanto solo all'aspetto fisico. Devo ancora riprendere peso, non ho il ciclo da quattro anni, ho un sacco di regole che non riesco a distruggere. Tutto è programmato al minimo dettaglio, tutto deve sempre andare secondo i miei piani prestabiliti. Non sono libera. Non vivo come una ragazza normale della mia età. Non ho la percezione del mio corpo. Non mi riconosco. Ho paura di legarmi a un ragazzo, ho paura di conoscere persone nuove, di dare spiegazioni. Ho paura di cambiare. Ho il terrore di affrontare questo cambiamento. So che potrà solo andare tutto meglio, ma qualcosa mi blocca e non so cosa sia. Non riesco a dare un nome alla forza distruttrice. Sono insicura. Non guardo la gente negli occhi. Sono socievole e di compagnia verso le persone che conosco, questo sì. Ma mi manca un punto fermo. Ecco, io non mi voglio bene. Voglio uscire da questa cosa, lo voglio davvero ma non riesco. Mi dispera.

Non voglio essere normale, voglio essere felice, spensierata, voglio cogliere le occasioni al volo, non voglio più pensare a queste cose, non vorrei pensare proprio, al limite. Vorrei non dare troppo peso agli altri, ai giudizi.

Ho fame, Chiara, ho fame di tutte le cose belle che potrebbero accadermi o che mi accadono ma non me ne rendo conto perché tutto è annebbiato.

Da un anno ho iniziato a farmi seguire da una psicologa e dietista, finalmente sono riuscita ad aprirmi un pochino, ad affrontare il problema. Stiamo lavorando, ci sono stati progressi, certo, ma la situazione non è risolta. Mi trovo bene e non è poco.

Chiara, devo smettere. Se continuo, non finisco più. Non ho mai raccontato a nessuno queste cose, non ho mai scritto roba del genere. Devo però arrivare a una fine quindi mi fermo qui per ora. Ho fatto la scelta giusta questa volta. Mi stai facendo un regalo bellissimo.

G. S.

Una vita sottile, libro potente, spiazzante e riempiente che in un freddo giorno d'inverno di cinque anni fa, in mezzo a tutto il caos che mi si agitava dentro, ho scorto tra le lacrime nella vetrina di una libreria, una vera cura per l'anima. La tua vita sottile da quel giorno la sento incredibilmente anche mia. In quel libro mi ci sono rispecchiata in un periodo doloroso, che credevo sarebbe passato in quattro e quattr'otto e invece torna spesso a farmi visita anche nell'adesso della mia vita in ogni spigolo, angolatura, punto cieco e da ogni prospettiva. La tua-mia vita sottile mi ha tenuta stretta quando, quel tagliente 5 dicembre, da importante e tridimensionale agli occhi della persona che amavo, mi sono sentita d'improvviso scomparire, diventare piccola piccola, perdere forme, contorni e consistenze... diventando una ragazza puramente bidimensionale.

Il tuo libro è uno di quelli che considero ancora di salvezza perché come una scialuppa di salvataggio non ha esitato a venirmi a soccorrere. Senza questo libro-scrigno dei tesori accettare che non avrei più costruito nulla con quel ragazzo che con la sua solita scanzonata napoletanità una mattina mi aveva svelato il segreto usato da sua nonna per fare un caffè degno di nota, che un pomeriggio nel traffico mi disse " con te anche il traffico diventa poesia, anzi vorrei che triplicasse per non farti arrivare a casa" è stato un lungo cammino meno in solitaria. Per me leggerlo è stato un corpo a corpo con il sentire.

Claudia Galli

Tu sola sapevi che il moto
non è diverso dalla stasi,
che il vuoto è il pieno
e il sereno è la più diffusa delle nubi.

Queste parole di Montale hanno il potere di diradare di colpo l'alone di pensieri che mi avvolge come un velo anestetizzante, riportandomi istantaneamente qui.

Facoltà di Psicologia, un giorno uguale a tanti, ultimamente.

Sul foglio poche parole mi sembra riescano a catturare l'esperienza soggettiva.

Per fortuna ci sono quelle di Montale, forse ne leggerò altre, forse il prossimo capitolo... ma mi manca qualcosa, come fossi costantemente affamata.

Di vita vissuta, di esperienze, di racconti che mi aiutino ad avvicinarmi alle persone.

Da questa sedia mi alzo con quella familiare, scomoda, sensazione di vuoto. Cerco tra le pagine una persona che non trovo.

Dove sono i timori, le speranze, le ambizioni e le paure di

una vita che non conosco ma che vorrei tanto incontrare, vedere, avvicinare?

Cosa significa non trovare la forza di alzarsi dal letto, all'interno di un tempo vissuto che non ha niente a che vedere con quello cronologico, mentre passano estati, inverni, e ciò che ti affligge non passa mai?

E, quando ci si sente invisibili in presenza dell'altro, chi è l'Altro che può davvero riuscire a bucare l'involucro che ci avvolge per arrivare a noi?

Tu sola sapevi che il vuoto è il pieno.

Ma io, che non so, come faccio a raggiungerti, accoglierti, comprendere la tua esperienza? Ancora non sapevo che, molto prima di quanto credessi, avrei avuto modo di toccare tutta quella vita a cui i libri universitari non riuscivano proprio a condurmi, sapevo però che avevo bisogno d'altro.

Di parole incisive come quelle di Montale, di esperienza vissuta in prima persona, di speranze e di incontri.

Leggere *Una vita sottile* è stato questo e molto altro ancora.

Sicuramente un'immersione nell'umano che, da aspirante psicologa e da persona, cercavo.

Mi ha anticipato una grande verità che avrei toccato nella vita come nella clinica: *amare l'altro significa, spesso, accettare il fatto di non capirlo completamente e voler bene a quelle parti che sono inaccessibili anche a lui stesso.*

Una vita sottile ha anche il grande merito di sottolineare quanto, come persone, siamo immancabilmente legati alla relazione con l'altro.

Un altro che quando ci ama è "fiore o farfalla", intuisce la nostra essenza grazie alle proprie ferite, ma soprattutto "ci vede attraverso il vetro", e così compie il miracolo.

E il miracolo di essere visti, e di vedersi uno nell'altro, è un prodigio che cura. L'avrei vissuto qualche tempo dopo. Quando penso agli interrogativi di quel periodo e a ciò che *Una vita sottile* ha suscitato dentro di me è come se vedessi un "giorno 1", un esordio, che segna l'inizio del mio "dopo".

Grazie, di vero cuore.

Alba Eletto

Una vita sottile l'ho letto in quello che considererò per sempre uno dei momenti di svolta della mia vita. Stavo per compiere diciotto anni, era il tempo di decidere quale vita vivere, e quella vita sottile che vivevo, fatta di ansia e privazioni, cominciava a starmi stretta, perché: "Una vita sottile scivola nei jeans e ti permette di non sentire addosso la loro tela ruvida. Una vita sottile scivola nel mondo e ti permette di non sentire addosso la sua imperfezione. Ma se il loro tessuto non fosse di tela ruvida, i jeans non sarebbero jeans e nemmeno il mondo è mondo senza il suo tessuto di imperfezione".

È anche grazie a te se ho appena finito di mangiare ben due dolci.

Alessandra

Indice